各界勵志推薦

　　沒有人的生命是平靜無波、一帆風順的。迷妹相較其他人幸運的是，當全世界都背棄自己時，偶像永遠是那盞照亮黑暗的明燈，他的一句話、一首歌、一張照片、一抹微笑，任何存在都能是我們的依靠。而本書便是集結這些力量的一帖即時的特效藥，對你伸出援手的，不僅是遠處那顆明亮的星，還有近處這位絕對能懂你的迷妹同路人。

　　　　　　　——B 編｜編笑編哭經營者 aka（立志）出版界迷妹代表

　　在一次機緣下，阿敏協助了我們的採訪進行翻譯，這讓我們不僅看到了阿敏的實力，更了解到他對韓文的用心。加上阿敏也是位迷妹，特別了解粉絲們的內心，相信這結合了 KPOP 歌曲、金句和正能量，甚至還能一起抄寫的超棒工具書，都能讓你更喜歡追星的自己，在沉靜後獲得滿滿的療癒！

　　　　　　　　　　　　——TEEPR 推一波｜YT 頻道

　　自偶像的身上學習，在書寫的過程中內化成養分。有人說文字是沒有溫度的載體，但我認為抄寫是最有意義的輸出加輸入的過程，在抄寫的同時我們吸收資訊、經過大腦解讀、親手在紙張記錄文字，我們是閱讀者，同時也是創作者。阿敏老師透過精選的韓文句子，佐以深度且真摯的內文解說，讓每個人可以汲取這些句子的美好能量。

　　　　　　　　　　　　——莫莉｜韓文譯者／作者

相信每一位迷妹，心中都有自己最愛的一句韓文。或許是歌詞，或許是偶像在直播裡説過的話，也或許是演唱會結束前的感言。阿敏這次的新書中，彙集了各種的療癒語句，讓讀者在認識這些句子的同時，了解句子的基本架構與語法，再透過一筆一畫的抄寫練習，把好句子刻畫在心裡，成為黑暗中指引我們的一盞燈。

——陳家怡｜中韓同步口譯員

在這本書中，除了能學習到韓文外，更多的是能看到阿敏在追星路程與各種人生關卡上，一路走來所得到的體悟與啟發。透過這本書，阿敏把許多偶像的名言與歌詞所帶來的療癒力量，分享給喜歡韓國、對韓文有興趣的大家。這本書不僅是一本韓文學習書，更是在人生的暗夜時分，能靜靜待在大家身旁，等待清晨曙光到來的溫暖陪伴。

——雷吉娜｜超有趣韓文共同創辦人

讀阿敏老師的文字時，彷彿看到了最近的我，因此能理解在壓力與焦慮中徬徨、陷入迷茫和低潮是一件多麼痛苦的事情，這時候偶像的出現，如同一根救命稻草，讓我們能夠得到救贖繼續前行。不曉得對大家來說韓文老師是一個什麼樣的角色呢？是知識的傳播者？還是學習路上的引路人？阿敏老師在這本《好句子，抄起來！我從偶像身上獲得的力量》扮演起韓文療癒師的角色，帶你學習韓語文法的同時，也透過抄寫這些韓語名言佳句，療癒自己、獲得能量。

—— 楊珮琪（77）｜
IG 韓文學習帳號「77 的韓文筆記」創辦人 / 韓文自學書作者

作者序

　　其實我自己也沒想到我會寫第二本書，原本認為不擅寫作的我出了一本《韓語自學力》已經是解鎖了人生成就，沒想到因為入坑了 SEVENTEEN 之後，得到了許多啟發，第二本書就這樣誕生了，果然就像我在第一本書的作者序裡寫的「我到現在也還是無法想像未來的我會是什麼樣子」，未來總是充滿著無限可能。

　　在很低潮、身心俱疲的時候，是 SEVENTEEN 給我希望與力量，我從他們身上真的學到了很多寶貴的人生觀，想要向他們看齊，想要像他們一樣擁有許多積極正向的能量，我當時常常把透過他們得到的新領悟，分享在我的 IG 限時動態，收到很多追蹤者的回饋說他們看了也獲得力量，因此決定要寫這本書，想要跟大家分享我從韓文歌、韓國藝人的名言獲得的啟發，也結合了韓文教學，每一篇都有留一頁讓大家抄寫句子，希望大家在抄寫時也能一起獲得正能量。

　　以前我以為自己是一個很外向開朗的人，覺得自己對工作充滿幹勁，只要是我想做的事情，就一定可以透過努力來達成，覺得教韓文這份工作是我熱愛的，只要有愛就能一直向前衝。每次感覺累的時候就對自己喊話，告訴自己這點辛苦都忍不了的話是做不好什麼事的、告訴自己能做想做的工作已經是很幸運的事了，一開始靠著自我喊話撐過了那些疲憊，但漸漸地，那些咒語也失去了效力，開始陷入了低潮，低潮期長到讓我懷疑是不是再也找不回之前的我了，無力感襲來的時候真的什麼也做不了，當時真的對這樣的自己感到非常憤怒，甚至對自己感到失望，想著「原來我是一個抗壓性這麼差的人啊」。

　　花了好長的時間，我才從那個坑裡爬出來，從一開始

的難以置信、自我否定，到後來終於理解「陷入低潮期其實並不是一件需要讓我對自己失望的事」，人生本來就可能會有起起伏伏，就把它想成是我在人生的道路上，遇到崎嶇不平的小徑，接受這個事實繼續向前走，走著走著有一天一定會回到平坦的道路。經歷過這個低潮期，讓我的想法改變了許多，有些事深陷在其中的時候，怎麼樣也無法釋懷，但成功轉念之後可能會發現原來真的沒什麼大不了的。在低潮的時候，聽著朋友們給的建言真的會忍不住說「你說的我也都知道，但我就做不到啊」，甚至會想「說得可真容易」，但其實真的是換個方向思考可能就會快樂許多，書裡跟大家分享了這段時間我的 30 個體悟，希望能夠把我獲得的能量也傳達給大家，雖然從低潮走出來不容易，但希望透過我的故事，能夠帶給大家些許的安慰。

　　最後要感謝一直為我加油打氣的學生們、追蹤者們，每次收到回饋時都獲得了好多能量。也要感謝在我對自己的文筆感到很沒自信時，給我鼓勵的好朋友 Jane 和 Joanne，沒有你們這本書真的沒辦法順利完成。還有在我埋頭趕稿的時候，幫忙分擔了我的工作的富吉娜跟 이순 오빠，有你們在其他工作才能如期完成。感謝趣韓國的負責人也就是我的高中同學，感謝邀請我一起辦活動，讓我開啟了新旅程。還有真的非常感謝我的編輯，謝謝你每次都很溫柔的給我回應。也特別感謝用可愛插圖幫這本書增添許多色彩的 Chan，其實這本書寫到一半曾經緊急更換方向重寫，導致繪圖時間變得很趕，真的是辛苦你了。最後還要感謝 SEVENTEEN 拯救了在黑暗中的我，SEVENTEEN 真的帶給我好多感動跟快樂，看著他們不斷努力突破自我的樣子、用充滿愛的眼神看著克拉們的樣子、成員間真心為彼此祝福的樣子，都讓我想要成為一個更好的自己。

阿敏

CONTENTS

第三章 偶像講過的經典名言

第一章

偶然入坑
成為克拉之後，
開啟了新視界

밤이 없는 낮 하늘은 붉은색 모든 세상에 빛은 하나인 듯해.
——SEVENTEEN〈HOT〉

CHAPTER 1

＃ 垂直墜入坑底的一天

2022 年 5 月 31 日，我正式入坑成為克拉（韓國男團 SEVENTEEN 的粉絲名）。因為身為韓文老師，平時要關注韓國娛樂圈的新消息，要知道最近有哪些新的團體出道、當紅團體是誰、發生的有趣事件，這樣才能在學生們提起時馬上加入話題。那天晚上在 YouTube 上刷著當時正夯的新歌，聽著聽著突然看到 SEVENTEEN〈HOT〉的影片，覺得這首歌的旋律充滿能量、很有活力。那時已經大半夜了，我有點疲憊，但是在 40 秒的時候突然眼睛一亮，整個人精神都來了。身穿黑紅條紋、戴著黑色鴨舌帽的男子從後排走出來，一派輕鬆地用他特有的嗓音飆著高音，那一瞬間，我好像看到言情小說裡的霸道總裁朝我走來，那一刻起，我便入坑了 SEVENTEEN。

＃ 我的續命能量泉源

其實我那陣子陷入了低潮，加上工作量很大，每天熬夜趕工作，太久沒有休息導致精神壓力很大，過著行屍走肉般的生活。當時陷入了自我懷疑與自責的迴圈，覺得自己很糟糕，怎麼沒辦法把負責的事情做好？自己怎麼只有這點能耐？已經站在無力感與憂鬱的邊緣了。就在這時，SEVENTEEN 成為了我的精神支柱，讓我在一片漆黑的絕望深淵中看見曙光。從迷上 SEVENTEEN 之後，我就開始惡補 2015 年起他們出道後的各種大小事，從他們明明只有 13 個成員為什麼團體名稱叫做 SEVENTEEN，到了解每位成員的興趣、喜好、個性等等，看了好多介紹他們的影片。

SEVENTEEN 有他們自己錄的 YouTube 團體綜藝節目，叫做「GOING SEVENTEEN」，因為成員們都很沒有偶像包袱，每一集都超歡樂、非常搞笑，所以吃飯時配上《GOING SEVENTEEN》成為了我每天最期待的時刻，為了想趕快看節目，工作也變得更有效率。因為他們，我重新找到了生活的動力，這是我第一次親身體會到偶像帶給粉絲的力量，我想這就是偶像存在的意義吧！偶像的存在就是為了帶給粉絲們慰藉，成為粉絲們的精神支柱，和粉絲們一起成長。

從偶像身上學到的那些事

起初單純是因為 DK（SEVENTEEN 成員）很帥而入坑，但是在看節目的過程中，漸漸了解到他們每一位成員都有令人敬佩的地方，看著他們一路走來付出的努力和 13 人之間難能可貴的友情，讓找越來越喜歡他們。從山道前的《SEVENTEEN PROJECT 出道大作戰》可以看到他們對於出道的懇切，從第一集到第六集，可以看到他們為了出道做的努力與顯著成長。由於我在 2022 年認識到的 DK 唱功非常好，同時也是隊裡主唱之一，是一聽就會令人驚豔的實力，所以我一開始理所當然地覺得他天生就擁有這麼好的音色，完全沒有想過 2015 年的他因為音色跟實力不突出沒有被看見，在節目裡一直沒有得到評審老師的點評而難過地哭了。《SEVENTEEN PROJECT 出道大作戰》只有短短六集，但是在這短短的六集我看見 DK 的進步，也看見現在的他又比 2015 年成長了多少。當下我深深地反省，平常我們只看見別人風光的一面，容易忽略風光的背後，他花了多少心血才能有現在的實力，當時真的讓我覺得，我的偶像都這麼努力在生活了，我也得更努力才行啊！

《SEVENTEEN PROJECT 出道大作戰》第六集裡面，Hoshi（SEVENTEEN 成員）講了一段讓我印象非常深刻的話，他對成員們說：「雖然緊湊的行程會讓我們很疲憊、很辛苦，但要是一個人喊累，累的氛圍就會傳給其他人，所以我們不可以這樣，就算辛苦我們也要說『真有趣！』不管多累我們也不要表現出來，我們互相鼓勵，一起加油吧！」雖然有些人可能覺得這種要求很不合理，或是有點強人所難，但是這段話給了當時的我當頭棒喝。那陣子我和我們公司的合夥人雷吉娜整天關在家裡趕工，因為我們給自己安排了超出負荷的工作量，但工作都已經接下來了，也不太能調整，所以只能一直熬夜趕工，甚至有好幾次是超過 24 小時都沒闔眼，負面情緒來到了極點，「好累、好想休息、不想工作」這幾句話已經變成我們的口頭禪，整天掛在嘴邊。看到 Hoshi 說的這段話後，我也深深反省了，思考是不是就是因為我們整天喊累，所以讓彼此都變得更疲憊了。我們的工作是我們想做的，也是我們必須做的，一直喊累不但讓整體工作氛圍變差，還一點幫助都沒有，只會陷入惡性循環。既然決心要做，即使辛苦我們也要互相鼓勵，用積極正向的態度面對。很感謝看到 Hoshi 的這段話，點醒了當時的我，讓我能重新調整心態面對工作。

簡短地總結我從 SEVENTEEN 13 位成員身上學到的精神：

✦ 從總管隊長 S.COUPS 身上學到責任感，看見他一心只為團體著想的無私，總是把團體排在第一順位。

✦ 從所有成員的煩惱諮詢對象淨漢身上學到如何傾聽其他人的心情，看見他怎麼當成員們溫暖的後盾。

✦ 從公認的紳士 Joshua 身上學到溫柔體貼與如何照顧他人，看見他總是給予所有人溫柔的微笑。

✦ 從樂觀正向的 Jun 身上獲得很多積極正向的能量，看見他總是勇於嘗試各種新挑戰。

✦ 從表演隊隊長 Hoshi 身上學到實現夢想必須具備的態度，看見他為了成功咬牙苦練，對成員要求很高，自我要求更高。

✦ 從稱讚機器人圓佑身上學到稱讚的力量，看見他總是毫不吝嗇地稱讚其他成員，也看見成員因為他的稱讚獲得了信心。

✦ 從全能的創作人 WOOZI 身上學到默默付出的謙遜，看見他一人擔下全團作曲的重責大任。

✦ 從堅強勇敢的 THE 8 身上學到就算辛苦也要堅持下去的毅力，看見他熬過辛苦的練習生時期，只有枕頭看過他的眼淚，成就了現在的他。

✦ 從開朗且親和力 200 分的珉奎身上學到笑笑看待所有事情的心態，看見他總是笑著接受大家的捉弄，真的是好脾氣第一名。

✦ 從努力派的 DK 身上學到只要肯付出、肯努力一定能夠進步，看見他從出道到現在實力大幅成長，至今仍持續努力著。

✦ 從全員續約最大功臣的勝寬身上學到在不同場合應有的應對進退，看見他善於觀察、反應機靈，以及常常趁機宣傳團體，展現對團體的愛。

✦ 從在舞台上最游刃有餘的 Vernon 身上學到堅持自己信念且肯定自己的自信心，看見他享受各種挑戰與站在舞台上閃耀的模樣。

✦ 從團體中年紀最小的 Dino 身上學到雖然年紀小卻像大哥般的成熟，看見他不管做什麼都很努力，也很樂觀積極。

因為追星，我有了新的夢想

雖然我在入坑 SEVENTEEN 之前也有看過演唱會，但是對演唱會都沒有太大執著，有買到票就看，沒有買到票的話也沒關係。不過在入坑 SEVENTEEN 之後，真的是我第一次這麼瘋狂追星，不但辦了韓國會員，還辦了日本的會員，每一場演唱會也都很努力搶票與準時申請抽票（日本是抽票制度），甚至還買了幾次視訊簽售會。因為我想要親口向 DK 道謝，想要告訴他，我因為他獲得了很多力量。現在想想，我的運氣好像很不錯，2022 年 9 月第一次買視訊簽售就中籤，後來 2023 年 2 月也抽中了夫碩順（由 SEVENTEEN 其中三位成員組成的小分隊）線下 330 人的迷你見面會，還搶到了 2023 年 3 月克拉島（SEVENTEEN 見面會）門票，日本的演唱會也抽中 2023 年 9 月東京場跟 12 月大阪場，2024 年 4 月首爾演唱會也是連續兩天都有搶到首爾安可場的門票。

看了 SEVENTEEN 的見面會跟演唱會之後，我發現每一次活動結束後，粉絲們都從偶像身上得到了極大的安慰與療癒，對偶像們來說，看見粉絲對自己的支持也能獲得力量，深深感受到偶像跟粉絲真的是雙向奔赴的愛。當時，我就暗暗在心裡許下一個心願，希望以後能有機會舉辦見面會，或是擔任見面會的翻譯，希望可以藉由我的專長，讓更多人一起在見面會或演唱會上獲得療癒。

當你真心想做某件事，全宇宙都會來幫你

就在我許下這個心願的三個月後，突然收到了十年沒聯絡的高中同學訊息，他問我有沒有認識能一起舉辦偶像見面會的人，當下我真的是看著訊息驚呼出聲，覺得自己是全

天下最幸運的人，機會居然這麼快就來臨，當然要馬上抓住它！所以馬上跟朋友說我們公司剛好想要往這方面發展，我們有意願一起舉辦偶像的見面會。

2023 年 7 月，我們和朋友一起飛到韓國和韓國的經紀公司洽談合約，當時我們想邀請來台灣舉辦見面會的偶像是 UP10TION 的李歡喜與李東烈，他們出演了 Mnet 2023 年 2 月推出的男團選秀節目《BOYS PLANET》。恰巧 7 月在首爾有他們的見面會，就買了票先去看看兩位偶像，想說在事前對他們有更多了解的話，可以企劃出更能凸顯他們特色、更讓粉絲滿意的台灣見面會。看完首爾見面會之後，覺得李歡喜和李東烈很有舞台魅力，歡喜的嗓音跟現場 Live 實力令我感到驚豔，東烈具魄力的舞蹈和反差萌的撒嬌也讓我印象深刻。覺得歡喜和東烈真的是天生適合站在舞台上的人，他們唱歌跳舞時，就好像在發光，真的很耀眼，在台上的他們看起來特別幸福。

簽完了約回台灣後，就這樣跟朋友和雷吉娜三個人開始了每天晚上 11 點開會到早上 6 點的日子了，要準備的事情真的比想像得多非常多，除了要訂表演的場地、機票、飯店、接送偶像的車輛和發包舞台相關技術人員以外，還要申請藝人的勞動許可、要表演的歌曲版權、找售票平台及上架、確認活動當天的人力分配，更不用說還要安排整體活動流程、每天詳細的行程表、每餐便當等，並發包周邊設計、撰寫要發的每一篇公告。基本上前期所有籌備都是我們三個人完成的。

某一天開會，討論到要找主持人的事情，突然想起我大學畢業後曾經想當活動主持人，短暫在行銷活動公司實習過的往事，就決定直接挑戰主持兼翻譯，現在的我可以自己決定，此時不挑戰更待何時呢！由於是第一次挑戰主持兼翻

譯，事前必須做好萬全準備，所以我在 Hahow 好學校平台上買了活動主持跟韓文口譯的線上課程學習、找了有韓文主持兼翻譯經驗的前輩安娜請教需要留意的地方，同時也看了很多李歡喜跟李東烈出演過的節目和直播片段，要了解兩位偶像的背景資料與個性，在舞台上才能更從容地應對。

忙碌的時間總是過得特別快，一轉眼就到了八月底歡喜跟東烈來台的日子，他們一抵達台灣馬上就去記者會現場，在記者會的時候我也擔任了翻譯。隔天去拍要在見面會上送給粉絲的驚喜 VLOG，再隔一天彩排，接著就是接連兩天的見面會。短短的這幾天，真的學到了好多寶貴的經驗，也很感謝兩位偶像非常親切地對待台灣方的工作人員，活動結束之後，覺得一切都好不真實，真的很像一場夢。

第一次和朋友的公司——趣韓國合辦見面會，雖然還是有一些不足，但是我們同樣身為迷妹，盡可能地站在迷妹的立場為粉絲著想。設計環節的時候思考大家會想看什麼、玩遊戲的時候想著大家怎樣才不會覺得無聊、主持的時候想著怎麼做才不會讓大家覺得我話太多，真的感謝許多朋友的幫忙，我們才能好好完成這場活動。

緊接著的下一個挑戰

結束了見面會，朋友的公司趣韓國又馬上著手準備韓國音樂劇《VOLUME UP》來台演出的相關事宜。準備韓國音樂劇的過程，對於擔任協辦單位的我們來說也是一個全新的挑戰，跟偶像見面會最大的差異就是音樂劇需要翻譯劇本，也必須在演出時即時顯示出中文字幕給觀眾看。

我們收到韓方事前提供的完整劇本，而劇本中有些笑點是韓文諧音或是只有韓國人才能產生共鳴的部分，為了把這

部分翻譯成台灣人也可以理解的笑點，我們真的花了很多心思討論，擔心如果翻得不夠好，大家沒辦法體會原作家想要帶給大家的歡樂，當天聽到觀眾們捧場的笑聲，懸著的一顆心才終於放下。

為了讓觀眾看懂韓國演員們的演出，必須把翻譯好的劇本台詞製作成一句一頁的 PPT 檔案，表演當天由我負責按中文字幕的 PPT。這個任務乍聽之下不難，但其實很需要高度專注力與能夠隨時應變突發狀況的判斷力，因為按下一頁字幕的時機點必須與演員說話的時間點一致，所以必須全神貫注聽演員們的台詞。演員們每場演出說話的速度跟停頓點也可能不太一樣，偶爾也會發生演員漏講一句台詞，或是多了一句即興台詞的情況，這時就必須迅速關掉字幕，然後快速找到下一句台詞後再馬上開啟字幕。

因為字幕出現的時間點必須準確，才能帶給觀眾更好的觀看體驗，所以演出的那兩天我的精神都非常緊繃，沒什麼睡覺，也沒吃什麼東西，一到現場我就坐在控台裡一遍又一遍地熟悉台詞，想盡可能減少失誤。雖然表演中還是有幾次小失誤，但幸好觀眾們都看得很開心，演員們也因為觀眾們的反應熱烈覺得很有成就感，整場演出還算順利落幕。

繼續努力朝著夢想前進

因為入坑 SEVENTEEN，而開啟了一連串新的體驗，進而讓我有了新的夢想。喜歡上 SEVENTEEN 後，我每一天都過得很充實、很快樂，真的很感謝他們帶給我力量。未來的我也會繼續朝著夢想前進，希望讓更多人有趣地學韓文、一起在與偶像見面的場合上獲得治癒。✦

成為克拉之後，看見更廣闊的世界

2022.09.28 第一次
參加 DK 視訊簽售

2023.02.12
參加夫碩順見面會

2023.03.11 SEVENTEEN 克拉島

2023.03.16 巧遇 DK 獲得簽名

2023.05.13 第二次
參加 DK 視訊簽售

2023.09.02
歡喜東烈 FAN-CON 主持兼翻譯

2023.09.02 歡喜東烈 FAN-CON
主持兼翻譯，與歡喜合照

2023.09.02 歡喜東烈 FAN-CON
主持兼翻譯，與東烈合照

2023.11.25
協辦音樂劇《VOLUME UP》

2023.12.03 去看歌手裵起成
出道 30 週年演唱會

2024.01.21
音樂劇《VOLUME UP》
首爾末場幫政模
送應援便當

2024.04.27
SEVENTEEN 首爾演唱會

帶給我
希望跟力量的
歌曲及偶像

무엇이 우리의 행복인가 ? 뭐 있나 춤을 춰 노래하자 .
──SEVENTEEN 〈음악의 신〉

CHAPTER 2

해가 뜨기 전 새벽이 가장 어두우니까.

在太陽升起之前，清晨是最黑暗的。

—— BTS〈Tomorrow〉

✦ 單字：

■ 해가 뜨다 太陽升起　　　■ 새벽 清晨　　　■ 가장 最
■ 어둡다 黑暗

✦ 文法：

1.　V-기 전(에) 在～之前
EX:　끝나기 전에 포기하지 말자.
　　在結束之前不要放棄。

　　결과 나오기 전에 승자가 누구인지 아직 모른다.
　　在結果出來之前還不知道誰是贏家。

　　마스크 벗기 전까지는 정말 미남인 줄 알았어요.
　　到脫下口罩前我都還以為他是美男。

　　해외여행 가기 전에 백신을 맞아야 돼요.
　　去海外旅行之前，要先打疫苗。

해가 뜨기 전 새벽이 가장 어두우니까.

現在的黑暗是為了等待曙光的來臨

「我們如此引頸期盼的明天，轉眼間就改名成了昨天，明天變成今天，今天變成昨天，明天成了昨天，站在我的背後。」對我們來說，Tomorrow（明天）象徵著希望，我們既沒有哆啦A夢的時光機，也沒有《哈利波特》中妙麗的時光器，已逝去的時間，我們無法改變，只能把希望寄託在還沒到來的明天，期望明天跟今天會有所不同，期盼明天會比今天更好，但現實總不如人願，一天又過了一天，一次又一次的希望落空，使我們開始不敢再懷抱期望，漸漸覺得，不管是昨天今天明天，都只是一成不變地又過了一天。

看著這段歌詞，讓我想起 2019 年末爆發的 COVID-19 新型冠狀病毒疫情，疫情漸漸擴散、新聞開始大肆報導的 2020 年初，我剛好在韓國旅遊，看著中國武漢封城的消息，以及網路上瘋傳著許多人走路走到一半直接昏倒在地的影片，當下只希望那些確診的武漢居民可以康復，祈禱疫情不要再擴散，希望大家都能平安健康。一開始，韓國和台灣都還沒有太多病例，所以並沒有感到太害怕，大家在排隊搶購口罩時，我還心想：「應該很快就結束了，家裡口罩還夠用，不用買也沒關係。」結果疫情並未平息，我們開始不敢踏出家門，學校啟動線上教學，學生們在家遠端上課，公司也開始分流上班、居家辦公，政府甚至公布禁令，餐飲店禁止內用，只能外帶。2020 年初至 2022 年底這三年間，出門緊緊戴著口罩，沒事盡量待在家，減少非必要聚會，已成了我們的日常，當時真的覺得好像一輩子就要這樣過了，甚至還跟朋友開玩笑說，現在出生的小孩，會不會以為口罩是人類的標配，因為這三年間我們必須一直戴著口罩。

在全球陷入恐慌、失去希望之際，疫苗研究人員、政府官員和醫護人員們都沒有放棄，每個人都在自己的崗位上努力著，原本研發新疫苗需十年時間，但在全球面臨危機的情況下，研發疫苗的輝瑞與 BioNTech 在還沒簽訂合約之前就直接投資並共享機密訊息，只為了要為社會貢獻一份心力。後來他們又召集其他生技公司及眾多病毒學家、生物學家，以社會福祉為共同目標，放下彼此的競爭關係，攜手合作。多虧這些努力，在疫苗覆蓋率逐漸提升之後，疫情也終於減緩，2022 年 10 月 13 日，政府宣布重啟國境大門，開放旅遊。

我想這首〈Tomorrow〉真的是這三年來人們心聲的最佳寫照，即使一再反覆失望，也不要陷入絕望、不要放棄希望，「明天，繼續向前走，現在就停止的話，我們還太年輕、在太陽升起之前，清晨是最黑暗的。」就像歌詞說的，我們的明天還有很多個，現在的黑暗是為了等待曙光的來臨，就算我們的處境令人失望，只要不放棄，繼續努力，未來的某個明天就會迎來曙光。✦

내 꿈이 멀게만 느껴질 땐 잠시 쉬다 가세요.

感覺到我的夢想好像遙不可及的時候，稍微休息一下再走吧。

—— 비투비 BTOB〈괜찮아요 沒關係〉

✦ 單字：

■ 꿈 夢想　　■ 멀다 遠　　■ 느끼다 感覺到
■ 잠시 暫時　■ 쉬다 休息

✦ 文法：

1. A-게　～地

EX：**인생이 짧으니까 매일 최대한 행복하게 지내 봅시다.**
因為人生短暫，我們盡量幸福地過日子吧！

힘들 때 그냥 침대에 누워서 편하게 쉬어요.
累的時候就躺在床上舒服地休息吧。

2. V-다(가)　做～做到一半

EX：**일하다가 너무 피곤해서 잤어요.**
工作到一半因為太累就睡了。

친구랑 이야기하다가 울었어요.
和朋友聊天到一半就哭了。

書寫

내 꿈이 멀게만 느껴질 땐 잠시 쉬다 가세요.

累的時候休息一下真的也沒關係

「休息是為了走更長遠的路」，我似乎只在想偷懶的時候，才會拿這句話當作安慰自己的藉口，但在自己真正需要停下來喘口氣的時候卻忽視了。當我已經疲憊不堪、快要撐不住了，我卻告訴自己必須撐下去，連這點苦都吃不了，還妄想做什麼大事？從以前到現在，我覺得辛苦的時候，就會在心裡複誦國文課本裡學到的，孟子曰「故天將降大任於是人也，必先苦其心志，勞其筋骨，餓其體膚，空乏其身，行拂亂其所為，所以動心忍性，曾益其所不能。」這是我堅信的道理，若想達成目標，不管再累也得咬牙撐下去。沒想到最後，卻讓自己陷入無力感和失眠，也得了憂鬱症。

2020 年 8 月 14 日，我踏進身心科診所，領回了一張上頭寫有焦慮、重鬱等字眼的藥單。其實我當下沒有太衝擊，畢竟我之前就有些症狀，只是後來焦慮狀況變嚴重引發自律神經失調，有時候工作到一半會突然發現自己因為太專注而停止呼吸，這才意識到嚴重性趕緊去診所。陷入無力感對我來說真的是一個很大的打擊，當時什麼事也不想做，不想吃飯、不想工作、不想跟任何人說話，連韓劇也不想看，一整天只想躺在床上望著天花板放空。當時的我極度厭惡那個狀態的自己，好想回到從前，想要像以前那樣有活力又充滿幹勁，一天可以工作 16 個小時。

看診的時候，我問醫生「要怎麼做情況才會好轉」，醫生說「這個答案你最清楚吧！你自己也知道問題是什麼，只有你下定決心才能改變」。是的⋯沒錯，我知道是因為我安排了過量的工作，我的身心再也無法負荷開始抗議了，但

我覺得每一個工作都是寶貴的機會，所以每一件事都不想放棄，在這樣的狀態下硬是撐了一年才真的撐不下去。正視問題後為了找回健康，我下定決心減少工作量，花很多時間看書、和自己對話。當時讀了一本叫《無力感》的書，作者的故事和我有些相似，從中得到了很多安慰和鼓勵，看完這本書後，我才漸漸地從無力感中走出。

因為那段日子真的太痛苦了，我再也不想陷入什麼也做不了的狀態，在那之後，我不再像以往那樣逼迫自己，覺得累的時候不再告訴自己要撐下去，而是說「累的話就休息一下，真的可以休息一下沒關係」，畢竟我們是人類，不是鐵打的機器人，需要休息的時候就放心休息吧！

就像 BTOB〈沒關係〉歌詞裡面提到的，當你覺得自己的夢想好像遙不可及，覺得很疲憊、很絕望的時候，停下來休息一下，再繼續向前吧！✦

가끔은 실수해도 돼. 누구든 그랬으니까.

偶爾失誤也沒關係，因為不論是誰都會那樣。

—— LEE HI〈한숨 嘆息〉

✦ 單字：

☐ 가끔 偶爾　　☐ 실수하다 失誤　　☐ 누구 誰
☐ 그러다 那樣做

✦ 文法：

1. A/V-아/어도 되다 ～也可以

EX： 오늘 잘 못해도 돼요. 내일 더 잘하면 되니까요.
今天做不好也沒關係，明天做得更好就行了。

힘들 때 울어도 돼요.
累的時候可以哭一下沒關係。

2. N(이)든, A/V-든 無論～

EX： 얘기 들어 줄 사람이 필요하면 언제든 불러 줘.
需要人聽你說話的話，無論何時都可以找我。

네가 어디에 있든 내 마음은 항상 네 곁에 있을 거야.
無論你在哪，我的心都會與你同在。

書寫

가끔은 실수해도 돼 . 누구든 그랬으니까 .

沒關係，你辛苦了

在覺得很疲憊，想逃離令人窒息的日常、需要有人安慰的時候，聽聽這首 LEE HI 的〈嘆息〉吧！「某人的嘆息，那沉重的嘆息，我怎麼做才能理解呢？雖然我無法理解你的嘆息背後有什麼深意，沒關係，我會給你一個擁抱」，這首歌由鐘鉉負責作詞作曲，透過 LEE HI 渾厚的嗓音唱出溫柔的安慰，LEE HI 說當時自己因為三年的活動空白期而感到難受，她自己在錄音時也透過這首歌得到很多慰藉，希望這首歌可以帶給大家力量。

看見朋友心情低落時，你會怎麼做呢？會上前去給予關心跟安慰，還是會給對方一點時間和空間，讓他自己靜一靜呢？因為我們不是他，有時即使已嘗試站在對方立場思考，或許也還是無法理解對方辛苦之處，其實對方這時可能也沒有期望我們給他什麼幫助，他需要的只是一句「沒關係、辛苦了」，不需要多說什麼，讓他知道，我們可以給他一個擁抱，需要的時候我們都在，這樣就足夠了。

有些時候，可能會因為犯下失誤而感到難過、自責，對於那個錯誤耿耿於懷、後悔萬分，甚至因為愧疚感，使自己無法喘息，就像歌詞說的「偶爾失誤也沒關係，因為不管是誰都會那樣，雖然沒關係這句話，僅是口頭上的安慰」，人非聖賢孰能無過，不要太過於自責，偶爾失誤真的沒關係。阿 Q 的精神勝利法雖然看似自欺欺人，但有時我們也會需要這樣安慰自己，誰知道呢？也許會因為一個無心的失誤，帶我們走進黑暗的小巷，又意外在小巷的另一端看見明媚的風光。

這個社會，人與人之間距離越來越遠，人們日漸冷漠，社群網路日益發達，越來越多人躲在鍵盤後面，發表著不負責任的評論。言語是雙面刃，我想你我都很清楚，回頭想想，我們聽到安慰、鼓勵、稱讚時的欣喜，再想想我們聽到拒絕、批評、指責時的受傷，我們的一句話，可以帶給他人希望，也可能帶給他人絕望。為人雪中送炭也許不容易，但我們至少能不要讓自己當壓垮駱駝的最後一根稻草，不知要如何給予安慰時，說聲「沒關係、辛苦了」就是很好的陪伴了。✦

결국 꽃잎은 떨어지지 니네도 떨어져라 몽땅 망해라.

花瓣最後也都會凋謝，你們的愛也是，全部都分手吧。
—— 10CM〈봄이 좋냐?? 春天有那麼好嗎？？〉

✦ 單字：

■ **결국** 最後　　■ **꽃잎** 花瓣　　■ **떨어지다** 掉落
■ **니네** 你們　　■ **몽땅** 全部　　■ **망하다** 完蛋

✦ 文法：

1. V-아/어라　半語的命令句語尾

EX： **빨리 헤어져라. 둘이 너무 안 맞잖아.**
趕快分手吧！你們實在太不適合了！

꼴 보기 싫으니까 내 눈 앞에서 사라져라. 제발 좀.
因為看了很礙眼，從我眼前消失吧！拜託！

빨리 꺼져라. 너랑 할 얘기 없어.
趕快滾開。我沒有話要跟你說。

마셔라 마셔라 마셔라. 술이 들어간다 쭉쭉쭉 쭉쭉.
喝吧喝吧喝吧！酒要下肚囉～（韓國勸酒歌）

書寫

결국 꽃잎은 떨어지지 니네도 떨어져라 몽땅 망해라.

單身的人都是魯蛇？？

提到春天，你第一印象會想到什麼呢？韓國四季分明，季節景色截然不同，相較於台灣人，韓國人對「春暖花開」的意象體認更為鮮明，加上韓國春天路邊隨處可見櫻花盛開，所以他們對春天更容易有粉紅泡泡般滿溢的幻想，甚至還有每逢春天必聽的歌曲，像是 2012 年 Busker Busker 的〈벚꽃 엔딩 櫻花結局〉、2013 年 Roy Kim 的〈봄봄봄 春春春〉、2014 年 HIGH4 跟 IU 合唱的〈봄 사랑 벚꽃 말고 除了春天、愛情、櫻花〉等充滿春天氣息的情歌，都是橫掃各大音樂排行榜的熱門歌曲。

2016 年春天，韓國著名獨立樂團 10CM 為了安慰單身的人們，寫了這首〈봄이 좋냐 ?? 春天有那麼好嗎？？〉用甜美嗓音和輕柔旋律唱著抱怨情侶的歌詞，由於直率寫出單身者們的心聲，這首歌一發行就造成轟動，10CM 主唱權正烈出演音樂節目《柳熙烈的寫生簿》時，提到寫這首歌的靈感來源，當時公司有很多單身員工，閒聊時提到「很討厭春天、不喜歡走在櫻花花瓣飄落的街道」，突然發現，一直以來都沒有一首可以安慰單身者的歌，就把當時談話內容寫成了這首歌。

看到歌詞，讓我想起以前網路上流行過的「情侶去死去死團」，當時台灣和日本都有真的舉辦過去死團遊行活動，像是西洋情人節、七夕情人節、平安夜等情侶們會去約會的日子，就是「情侶去死去死團」出動的時候。不過「情侶去死去死團」並不是真的要去威脅情侶們，只是像這首歌一樣，用戲謔、搞笑的方式來表達單身者的孤單。2012 年開始，

單身者被掛上魯蛇（loser）的稱號，社會大眾開始將單身者視為一種失敗的象徵，引起單身者忿忿不平，最近不婚主義越來越盛行，人們才開始認同單身也有許多好處，自己一個人也可以過得很好。

不管是談戀愛或是單身，都不會影響我們讓自己好好過日子的能力。無論是自己選擇單身或想談戀愛但被迫單身的人，都不是魯蛇，只是選擇生活方式不同或緣分未到而已。在某些節日看到成雙成對的情侶時，雖然可能會忍不住感到羨慕，這些都是很正常的反應，我們可以學習 10CM 用這樣幽默、自嘲的口吻來抒發，調適好心情，也可以將這份羨慕或嫉妒，轉化成積極向上的動力。✦

날 좋아하는 거 알아. 날 미워하는 거 알아.
이제 조금 알 것 같아 날.

我知道你們喜歡我，我知道你們討厭我，
現在好像稍微可以了解我了。
—— IU〈팔레트 調色盤〉

✦ 單字：

■ 날=나를 我　　■ 좋아하다 喜歡　　■ 알다 知道
■ 미워하다 討厭

✦ 文法：

1.　V-는 거 ～的這件事（把動詞轉為名詞）

EX：날 질투하는 거 이해해.
我理解你嫉妒我的這件事。

나랑 친한 척하는 거 싫어.
我討厭跟我裝熟。

2.　V-(으)ㄹ 것 같다 好像～（未來式）

EX：마음의 여유 생길 것 같아.
我的心好像要輕鬆起來了。

이제는 점점 다른 사람들의 시선을 무시할 수 있을 것
같아.
現在好像漸漸可以無視他人的視線了。

날 좋아하는 거 알아. 날 미워하는 거 알아. 이제

조금 알 것 같아 날.

有人討厭我也沒關係

〈調色盤〉是 IU 著名的年齡系列歌曲其中之一。IU 在 23 歲時寫了一首〈二十三〉，將當時的混亂與不安寫進歌詞中；25 歲寫了〈調色盤〉，記錄自己的成長與終於接納了真實的自己；28 歲寫了〈eight〉，傾訴她當時的無力感，就像反覆記號般纏繞不去，以及對過去的思念。

在某個採訪影片裡，IU 說以前其實有點自我厭惡，即使成果不錯，也覺得無法愛自己，到 25 歲時，就像〈調色盤〉歌詞裡寫的，好像開始了解自己了，現在不會再對自己感到更失望，也沒有什麼可以再對自己感到訝異的。她開始變得可以接受原本的自己，了解自己有不足的地方，但也有優點，並決定要和這樣的自己好好相處。

小時候曾天真地希望大家都喜歡我，但在成長過程中漸漸發現「不可能所有人都喜歡我」，一開始發現有人不喜歡我時，難免會感到有點受傷，覺得他一定是哪裡誤解我了才會這樣想。後來，我花了好多時間才領悟到「所有事情都是一體兩面」，有喜歡我的人，就一定會有討厭我的人，這是無法避免的。有人因為我說話很直率而欣賞我，也會有人覺得我說話太直接而不開心，明明是同樣一句話，聽的人不同，感受也不同。我們很難去討好所有人、讓所有人都喜歡，只能回頭檢視自己，如果我有做得不好的地方，我可以反省並改進；如果我沒做錯什麼，而對方就是不喜歡我的話，那就尊重對方的感受，對方也沒有義務一定要喜歡我。

應該很多人跟 IU 一樣，在 20 歲左右會像〈二十三〉歌詞裡說的，自己也搞不清楚自己到底想要什麼，覺得自己就像個謎，總是在覺得已經想透之後又推翻自己的決定。這好像是我們成為大人之前的必經過程，經過迷惘跟混亂之後，我們都能成為更了解自己的人。沒有人是完美的，我們雖然有缺點，但別忘了我們也有很多優點，即使有討厭我們的人，但要記得也有很多喜歡我們的人。我們自己也可能會看某人不順眼，所以即使有人看我不順眼也沒關係，我們不能決定別人要怎麼做，但至少我要先喜歡我自己。　✦

넌 한 줌의 모래 같아. 잡힐 듯 잡히지 않아.

你就像一把沙，以為抓得住但還是無法掌握。
—— BLACKPINK〈마지막처럼 像最後一樣〉

✦ 單字：

■ 한 줌 一把　　■ 모래 沙子　　■ 잡히다 被抓

✦ 文法：

1. A/V-(으)ㄹ 듯(하다) 彷彿～

EX: 그 사람은 사랑을 위해 목숨을 바칠 듯해요.
그 那個人為了愛情彷彿可以獻出性命。

우리의 사랑이 영원할 듯 느껴져요.
感覺我們的愛情彷彿會永遠持續。

2. A/V-지 않다 不～、沒～（否定用法）

EX: 저는 쉽게 포기하지 않아요.
我不會輕易放棄的。

평생 이 순간을 절대 잊지 않을 거예요.
我一輩子都不會忘記這個瞬間的。

넌 한 줌의 모래 같아 . 잡힐 듯 잡히지 않아 .

積極抓住自己的愛情

　　這首歌唱出了女人自信追愛的模樣，透過大膽直率的歌詞，向對方呼喊著「快來愛我吧！」歌詞前半段提到「你就像一把沙，以為抓得住，但還是無法掌握」，可以看出對方有點捉摸不定，不確定對方的心意。「不要再想了，有什麼困難的？像謊言般吻我吧！這是新的開始，因為我絕對不會回頭看，若我把自己拋向你的話，要接住我喔！」後半段歌詞可以看出，即使對方還沒表態，在面對喜歡的人時，仍然堅決果斷並勇往直前的樣子。我自己的愛情觀也類似這樣，遇到喜歡的人會主動出擊，認為機會是掌握在自己手上，喜歡就要付出努力，不要被動等待，以免日後留下遺憾。

　　我的戀愛經驗比較豐富，所以朋友們常向我諮詢戀愛煩惱，發現很多朋友在面對愛情時比較消極或是過於謹慎，容易錯過好緣分。滿多朋友會問我「對方好幾天沒傳訊息給我，是對我沒意思了嗎？」我建議朋友如果有想說的話，也可以主動開啟話題，然後朋友就會擔憂地說「他應該就是對我沒興趣才沒傳給我吧！我再傳訊息過去，對方不會覺得煩嗎？」對於這種想法，我覺得很驚訝，這麼一來，對方是不是也會覺得「為什麼一定要我先傳訊息？你一次都沒主動傳，是不是不喜歡我？」在愛情裡，雙方的關係是互相的，如果某一方都沒有積極主動，還期望對方會像偶像劇般瘋狂愛上自己，那根本是難如登天。

　　感情的累積，是在一來一往的互動下慢慢升溫的，要有雙向的付出，才能終成眷屬。所以如果我喜歡對方，我會透過某些暗示讓對方感受到，比如問對方是否喜歡某類食物或

電影，傳別人食記或影評給他，邀對方一起去。或是在一起出門後，發一張當天拍的照片，配上「覺得今天的天空特別美、今天的咖啡特別好喝」等文字，讓對方知道，跟他在一起時，我都很開心。跟其他朋友出門時，也會傳食物或風景照和對方分享，讓他知道，我看到美好的事物時會想到他。在隔天有重要的事擔心睡過頭時，對方也剛好有空，可以拜託他打電話叫我起床，展現出一點點對他的依賴。若已進展到非常曖昧的氛圍，我可能還會傳多張自拍照，請他幫我挑選換哪張當 LINE 的大頭照。以上暗示也需要看時機，要在言談中觀察對方反應，看他是否也給我等同的回應，再決定接下來要怎麼做，不過不能因為自己單方面喜歡就瘋狂輸出，反而可能會給對方造成壓力喔！

　　雖然說，並不是我積極主動，對方就一定會愛上我，得不到回應，也會傷心難過，但至少已經努力嘗試過，就算沒有結果，我也不會留下太多遺憾及迷戀。世界上的人那麼多，雖然很喜歡對方，但也不是非他不可，可能命中註定他就是個有緣無份的過客，那就按受事實並放下，相信上帝為我關了一扇門的同時，也幫我開了一扇窗。✦

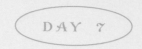

DAY 7

니들이 꿈을 꾸던 그 시간에 나도 꿈을 꿨지.
두 눈 똑바로 뜬 채로.

在你們做夢的那段時間，我也在做夢，睜大著雙眼做夢。

—— 우원재 禹元才〈시차 時差〉

✦ 單字：

■ 니들 你們　　■ 꿈을 꾸다 做夢　　■ 시간 時間
■ 눈(을) 뜨다 睜開眼睛　　　　　　　■ 똑바로 直勾勾地

✦ 文法：

1.　V-던　～的（邊講話邊回想過去經常或反覆做的事）

EX: 비교하던 날들을 잊고, 내 속도에 맞춰 꿈을 이루기로
　　했어요.
　　忘記與他人比較的日子，決定按照自己的速度實現夢想。

　　남들과 속도를 맞추려 애쓰던 시절을 지나, 나만의 속도를
　　찾았어요.
　　努力跟上他人速度的時期已經過去，現在找到了自己的速度。

2.　V-(으)ㄴ 채로　以～的狀態去做某事

EX: 먹지도 자지도 않은 채로 일만 하고 있습니다.
　　他不吃也不睡，埋頭工作。

　　슬픔도 절망도 잊은 채로 기쁨이 가득한 삶을 사세요.
　　請忘了悲傷和絕望，過著充滿喜悅的生活吧！

니들이 꿈을 꾸던 그 시간에 나도 꿈을 꿨지. 두 눈 똑바로 뜬 채로.

每個人都有自己前進的速度

身為一個夜行性的人，經常聽到旁人說「要早睡早起，身體才健康呀！」道理我也知道，但就是不容易做到嘛！雖然知道他們是出自於關心，但對於有一點叛逆的我來說，總不自覺地把它視為嘮叨。我以前經常想「到底是誰規定要早睡早起？為什麼這樣才叫正常？每個人生來就是不同的個體，為什麼要要求我跟大家作息一樣？」加上成為自由工作者之後，每天都在家工作，工作時間、工作內容都是自己安排，沒了明確的上下班時間，日夜顛倒就成了常態。

當時聽到禹元才的這首〈時差〉，讀著歌詞的同時，完全可以理解他想闡述的故事，雖然我的情況和他不完全相同，但心卻深深地被歌詞觸動。歌詞裡敘述，因為他和大家不一樣（他當時患有憂鬱症、焦慮症及恐慌障礙），所以周遭的人都用異樣的眼光看他，在競爭激烈的高壓環境下，迫使他不得不逃到自己的時差才得以喘息。雖然步調和大家不同、作息和大家不同，但是自己也是很努力在過生活，很努力用自己的方式追求夢想。

從小到大，我們似乎都活在一個公定規範下，被灌輸社會認為的正常價值觀。從小就不能輸在起跑點，比賽看誰學的才藝比較多，要認真念書才能考上好學校、找到好工作。可是每個人都是獨一無二的，為什麼要把長得不一樣的人塞進一樣的框架呢？禹元才在韓國嘻哈選秀節目《Show Me The Money 6》比賽時作的歌曲〈진자〉裡也提到「나는 다른 거지 틀린 게 아니지 我只是和你們不同，並不是我做錯了」，從歌詞裡，我感受到「啊～原來我不孤單！」禹元才和我一

樣，想要讓大家知道，我們也在用我們的方式努力著。

除了他人的視線會令我們焦慮外，有時看著年紀相仿的人過著更好的生活、獲得成功時，我們也容易陷入自我懷疑。尤其是從青春燦爛的 20 歲準備邁入 30 歲時，總覺得應該事業有成，或是要結婚生子、買車買房，因此許多人到了 30 歲後，發現現實跟預期落差很大，進而產生焦慮和挫折感。

雖然我沒有對於「30」這個數字感到特別焦慮，但偶爾也會突然陷入低潮，會懷疑自己現在做的事算是做得好的嗎？我走在對的道路上嗎？對於原本堅信的事產生懷疑。這個時候，我會和自己對話，給自己一點時間，反覆思考焦慮的原因，然後告訴自己我已經做得很好了，照著自己的步調、想要走的路堅持下去，夢想的未來會在道路另一端等我。從 A 點走到 B 點途中可能會遇到不同道路，每個人前進速度也不一樣，中間就算走錯了也無妨，有可能因此看見其他美麗風景，只要繼續前行，終究會抵達心之所向。◆

DAY 8

거침없이 난 걸어가지 yeah! 거침없이 난 달려가지 yeah!

我勇往直前地向前走，我勇往直前地向前跑。

—— 부석순 夫碩順〈거침없이 勇往直前〉

✦ 單字：

■ **거침없이** 毫無阻礙地　■ **걸어가다** 走　■ **달려가다** 奔跑

✦ 文法：

1. A/V-지 表達自己的意志、想法

EX:　가: 정말로 그 일을 할 거야?

　　나: 당연하지, 난 두려움이 없어.

　　你真的要做那件事嗎？

　　當然！我沒有什麼害怕的。

　　가: 내가 진짜 이걸 할 수 있을까?

　　나: 물론이지, 넌 할 수 있지.

　　這件事我真的做得到嗎？

　　當然！你可以的。

거침없이 난 걸어가지 yeah! 거침없이 난 달려가지 yeah!

要勇往直前、勇於挑戰

從小到大，我好像都蠻熱衷挑戰新事物，國小時主動報名各種朗讀比賽、國中時參加學校辦的歌唱大賽、高中時參加熱舞社、大學時當了營隊總召、讀理工科系的我，畢業後學了韓文，走上全新的道路。我很喜歡那種「完成了一個新任務」的成就感，很享受在挑戰過程中學習新事物，很開心能感受到自己又有新的成長。

當我提出一些想法時，身邊人們偶爾會充滿擔憂地說「這是我們做得到的嗎」或「我沒看過有人這樣做」，反對選擇未知的挑戰。但「山不轉路轉，路不轉人轉」是我的信念之一，我認為，只要是真的很想達成，不管花多少時間、用什麼方法，最後都有機會可以達成的，這條路不通，就換條路走，中途發現目標好像太不切實際，那就調整方向再繼續努力，沒試過，怎知能否成功？所以通常我的選擇都是「先試了再說」。

仔細想想之前做過的事，想起大二升大三的暑假，當時真的做了一個很勇敢的挑戰。暑假前，教官告訴我們一個打工機會，問我們要不要到附近國小帶營隊，帶小朋友做科學實驗。印象中，對當時還是學生的我們來說，這份工作的日薪算非常高了，所以我們一口答應，便著手尋找想一起辦活動的同學。我們系上每年都有辦科學營的傳統，大一時已經當過一次工作人員，所以籌畫整個營隊的內容，對我們來說並不算困難，分好組員後，便開始挑選實驗內容、討論整個營隊的主題包裝、練習要跟小朋友們一起跳的早操。

就當我們以為事情都進行得很順利時，教官突然說，原來那間國小只是想請一位工讀生去幫忙而已，跟我們原先聽到的實在落差太大，簡直晴天霹靂。但我們都做了這麼多準備，不可能就這樣讓心血白費，經過幾個小時的會議之後，我們做了一個大膽的決定，這次營隊就由我們來當主辦。在教官和系主任的同意之下，我們開始設計傳單、辦活動專用的 FB 粉專、申請租借學校教室（自費），在新竹市各個國小的放學時間，我們親自去發傳單給家長們。那年暑假，我們連續辦了四個梯次（一梯次活動時間是五天，每梯次五十人），每一梯次都額滿，營隊結束後，家長們都說小朋友玩得很開心，一直說明年還要再來參加。對正要升大三的我們來說，這是第一次靠自己的力量舉辦這麼大型的活動，真的非常有成就感，而且也賺到了一筆零用錢。

　　希望你也能試試看，在遇到想要做的事情時，不要先擔心失敗了怎麼辦，盡可能像我們大碩順一樣勇往直前，挑戰的過程中絕對不會太輕鬆，但辛苦過後得到的成就感，會更加令人感動。✦

뭐가 그리 두려워 내 진짜 모습을 숨겼는지?
좀 부족해도 너무 아름다운 걸.

我到底在害怕什麼，連我真正的模樣都得隱藏？
即使稍有不足但還是很美好。

—— BTS Jin〈Epiphany〉

✦ 單字：

■ 그리 那樣地　　■ 두렵다 害怕　　■ 모습 模樣
■ 숨기다 隱藏　　■ 부족하다 不足的　　■ 아름답다 美麗的

✦ 文法：

1.　A/V-았/었는지 連接語尾（前面會接一個問題）

EX:　그 사람이 어디가 그렇게 좋았는지 모르겠어. 왜 잊을 수가 없지?
　　不知道那個人到底有什麼好的，為什麼就是忘不了？

　　두 사람한테 도대체 무슨 일이 있었는지 분위기가 싸하다.
　　他們兩個人到底是發生了什麼事，氣氛好尷尬。

2.　A/V-아/어도 即使～也～

EX:　미래가 안 보여도 끝까지 노력하고 싶어요.
　　即使看不見未來，我也想努力到最後。

　　많이 힘들어도 흔들리지 않을 거예요.
　　即使很辛苦，我也不會動搖的。

書寫

뭐가 그리 두려워 내 진짜 모습을 숨겼는지?

좀 부족해도 너무 아름다운 걸.

我才是那個我該愛的人

這首歌在 2018 年剛發行的時候，因為學生們說想要學這首歌，所以我仔細解析了一下歌詞，準備課程內容的同時，邊感嘆歌詞實在寫得太好了，說出許多人的心聲，雖然這不是我的課題，但是我看過周邊太多朋友為此所苦，就像歌詞寫的，兩個人在一段關係裡面，因為愛所以盡力配合對方，怕對方不開心而不敢讓對方知道自己真正的想法，一直忽視自己的感受，久了之後發現自己再也承受不了。

其實在兩年前，我的朋友小玉也遇到了類似的感情問題，當時在某場聚會因緣際會認識了一位男生，一開始雙方都互有好感，開始每天聊天、出去吃飯看電影，但是不久後就發現雙方的期望有點不同，女生希望對方快點給自己一個肯定答覆確認關係，但是男生希望慢慢來，先互相了解一段時間。就這樣又過了兩週，女生覺得對方其實並沒有那麼喜歡自己，所以才一直不給正面回覆，於是就和男生斷了聯絡。事後小玉很自責，常常陷入「如果我那時候沒有那樣做，是不是結局就不一樣了？我是不是應該配合他，再等他一下呢？」的懊悔中。

身為一個 MBTI 的 T 有 88％的人（MBTI 是 16 種人格分析測驗，T 是比較偏理性、共感能力比較低），我其實不太能理解小玉為什麼會這樣想，為什麼會覺得不該說出真實想法，為什麼會產生自責跟愧疚，為什麼要後悔錯過這個人？因為我認為錯過我是對方的損失，不知道我的好的人我不要也罷，這個世界這麼大，一定會遇到其他懂得珍惜我的人。

因為看著她陷入低潮跟自責的迴圈，我忍不住傳了一大段訊息給她，告訴她應該更愛自己，在考慮別人的感覺之前，先想看看自己的感受，如果和這個人相處已經不再感到開心和悸動，為什麼還非要這個人不可呢？不要浪費時間糾結過去、不要花力氣討好別人、不要怕別人不開心而隱藏真實的自我。她應該更重視自己，把重心放在自己身上，認真做好自己想做的事情，也要對自己更有自信，這樣的人在旁人眼中都是發光的，運氣和緣分也會跟著越來越好。如果把自己搞得一團糟，什麼都會變得一團糟。

　　沒有人比自己重要且珍貴，為了別人讓自己過得很糟根本不值得。就像〈Epiphany〉歌詞後半提到的「即使稍有不足但還是很美好，我才是那個我應該愛的人」，要先懂得自己的重要性與珍貴性，每個人都值得被他人好好對待，如果在一段關係中發現自己開始感到不舒服、不自在或是不開心的話，就該多為自己想一想，做一個對自己好的決定。✦

나조차 진짜 날 찾을 수 없게 해.
나를 좀 찾아줘 제발, 제발

連我自己都找不到真正的自己，
請幫我找到我，拜託了，拜託。

—— 투모로우바이투게더 TXT〈거울 속의 미로 鏡中的迷宮〉

✦ 單字：

■ 찾다 找　　■ 제발 拜託

✦ 文法：

1.　N조차　連～都～（要用在否定、負面的句子）

EX: 부모님조차 나를 이해하지 못하는데 누가 나를 이해해
주겠어?
連我的父母都無法理解我，還有誰能理解我呢？

나조차 내 마음을 몰라.
連我都不知道自己的想法。

2.　V-아/어 주다　幫～做

EX: 내 곁에 좀 있어 줘.
請待在我身邊

내 손 좀 잡아 줘.
請牽住我的手。

나조차 진짜 날 찾을 수 없게 해 . 나를 좀 찾아줘

제발 , 제발

怎樣的我才是真正的我

看了〈鏡中的迷宮〉的歌詞，我覺得我的心也跟著一起碎了，開頭寫著：「盡頭在哪？雖然試圖奔跑，但我仍在鏡中迷宮裡，名為保護的束縛將我囚禁，就算受傷了也無法再說出口，使我完全消聲匿跡的世界。」在迷宮裡，怎麼逃也逃出不去，最後筋疲力盡，覺得自己好像已經消失在這個世界上，這種無力、絕望感，我完全可以體會。

我們在生活中，免不了要看他人臉色，也常常不自覺想要成為一個符合別人心裡期望的人，為了不讓對方失望，選擇隱藏自己的真實想法，久而久之，發現自己已經變得不像自己。我身邊有些朋友在談戀愛時，怕說出自己內心話會破壞目前和諧的關係，為了避免發生衝突，假裝什麼問題都沒有，原本以為，稍微忍耐一下、退讓一點，就可以皆大歡喜，後來才發現，這段關係裡好像只剩下對方的存在，所有事情都以對方為重心，所有決定都按照對方喜好，在對方面前已經失去了自我。

「我現在想要飛，像永遠飛翔的彼得潘，想要成為星星，像第一次流下的那晶透的汗水」，就像後半段歌詞提到的，當初自在翱翔能勇往直前的自己，不知不覺在鏡子裡已經看不到，喊出的聲音也不再被聽見，越來越渺小。我們看似完美地融入關係、融入群體，但失去了自己最原本的模樣和稜角，也模糊了眼前想追求的目標。有時我會想念當初充滿自信的樣子，偶爾社群網站跳出當年回顧時，我會不禁感嘆，原來我也曾經閃閃發光，而我卻為了符合別人期待而壓抑了自己的個性、掩蓋了自己的聲音，辜負了最初的自己。

雖說維持人際關係很重要，但靠著委屈自己來配合對方，是無法長久的，所以我們應該時常傾聽自己內心的需求。自己的心理要健康，才能維持一段健康的關係。無論是愛情、友情，甚至是在職場裡，我們都不該無底線地退讓或委曲求全，要試著表達真實的自我。「請幫我找到我，拜託了，拜託！」也許只能對自己吶喊出這句歌詞，因為全世界能夠真正了解自己的，就只有我而已。✦

넌 당연하지 않아. 당연한 건 하나 없어.

你絕不是理所當然的存在，沒有任何事是理所當然的。
—— SEVENTEEN〈Rock with you〉

✦ 單字：

■ 당연하다 當然　　■ 없다 沒有

✦ 文法：

1. A-(으)ㄴ 것 ～的這件事（把形容詞轉成名詞來使用）

EX: 힘든 것을 헤쳐 나갑시다.
讓我們一起克服困難。

인생에서 가장 소중한 것은 무엇인가요?
人生中最珍貴的是什麼呢？

2. V-는 것 ～的這件事（把動詞轉成名詞來使用）

EX: 나누는 것이 행복을 가져다 줄 거예요.
分享會帶來幸福。

사랑을 주는 것은 쉽지 않아요.
給予愛的這件事並不容易。

넌 당연하지 않아 . 당연한 건 하나 없어 .

沒有人是理所當然的存在

　　每次聽〈Rock with you〉，「넌 당연하지 않아 你絕不是理所當然的存在」跟「당연한 건 하나 없어 沒有任何事是理所當然的」這兩句歌詞總會特別用力敲了兩下我的心。這麼說可能很奇怪，但我已經盡力如實陳述當下的感受了。我通常不會邊看歌詞邊聽歌，聽音樂時大部分是放來當背景音樂，不會注意歌詞，但每次播到這首歌時，都會特別聽見這兩句，過了幾秒還會留下餘韻。幾次後我才發現「啊～原來這兩句歌詞對我有特別的分量」，才開始細細品味歌詞。

　　雖然這首歌主要訴說對戀人的愛意，講述戀人對自己絕不是理所當然的存在，但單看這兩句歌詞的話，可以適用在與任何人的關係，包含自己對自己也是。這世界上所有人、事、物都有存在的意義，即使是每天出現在我們的日常、看似平凡無奇的人，都有可能在某一天、某個瞬間，成為對我們來說舉足輕重的人。

　　隨著年紀增長，我才發現自己以前很不懂事，小時候覺得父母養育小孩理所當然，是他們決定把我生下來，當然就要負起責任養我。我清楚記得小時候在跟媽媽的某次爭吵中，媽媽對我說「妳知道我養你們有多辛苦嗎？妳知道養妳跟兩個弟弟花了多少錢嗎？我努力賺錢讓你們學想學的才藝，想補習也都能去，妳還要用這樣的態度跟我說話嗎？」當時身為國中生的我正值叛逆期，理直氣壯地跟媽媽說「我又沒叫妳把我生出來，妳自己要生的，妳本來就要養我」，現在想想，真的覺得很對不起媽媽，很想回到過去賞自己一巴掌。

仔細回想，我似乎是在大學時，突然領悟到這件事的重要性。我不太會計較在團體裡面當做比較多事的人，每次同學聚餐或是出遊，幾乎都是我當主揪，我很喜歡找大家出來聯絡感情。但是某次突然發現，好像一直都是我主動說要約吃飯，朋友們才會出來，似乎沒有一次是朋友們主動先約我吃飯，雖然可能是大家想見面的頻率不同，但心裡難免還是有點傷心，忍不住懷疑是不是只有我在意我們的友誼。在那之後，我都會特別感謝身邊的每一個人，偶爾問候的朋友、主動約我見面的朋友、在需要幫忙的時候幫助我的朋友，每一個人對我來說都很珍貴，沒有人的存在是理所當然的。

　　不管是親情、友情還是愛情，總有付出較多的一方，感情沒辦法量化，不可能要求大家都一樣。但不是付出的比較少的人不重視，只是每個人對每件事的在意程度和能付出的程度不同，付出的方式可能也很不同。有些人喜歡透過實際作為，讓對方感受到自己的愛，也有人是愛在心裡口難開，但也用自己的方式默默守護與關心對方。沒有人有義務要對誰好或是幫助誰，他們願意對我們展現親切的一面、花時間傾聽我們、付出力量幫助我們，這一切都是值得感謝的，是我們必須珍惜與感恩的，適時地讓對方知道我們的感謝吧！✦

내 삶이 바뀐다 해도 네가 있어 나는 웃을 수 있어.
눈이 부시도록 너를 비춰줄게.

就算我的人生會有所改變，因為有你，我才可以綻放笑容。
我會耀眼地照耀你。
── 《二十五，二十一》OST 裵起成
〈눈이 부시도록 너를 비춰줄게 我會耀眼地照耀你〉

✦ 單字：

- **삶** 人生
- **바뀌다** 被改變
- **웃다** 笑
- **눈이 부시다** 耀眼
- **비추다** 照耀

✦ 文法：

1. V-도록 達到～的程度

EX: 목이 터지도록 응원했어요.
應援到嗓子都啞了。

눈이 퉁퉁 붓도록 울었어요.
哭到眼睛都腫起來了。

2. V -(으)ㄹ게 我會～

EX: 밤하늘의 별을 따 줄게요.
我會摘夜空的星星給你。

너랑 약속한 거 꼭 지킬게.
跟你約定好的事我一定會遵守。

내 삶이 바뀐다 해도 네가 있어 나는 웃을 수 있어.

눈이 부시도록 너를 비춰줄게 .

雙向奔赴創造出閃耀的光芒

第一次聽到這首歌，是在裵起成的演唱會上，因為裵起成是我們協辦韓國音樂劇《VOLUME UP》的主要演員之一，所以我們受邀參加他 30 週年紀念演唱會。裵起成是韓國風靡一時的男子雙人組合 CAN 成員之一，出道 31 年的他，唱過不少知名韓劇 OST，從他音樂劇的演出便可看出唱功十分深厚，但在演唱會聽他現場演唱，還是會忍不住不斷讚嘆，聽到這首〈我會耀眼地照耀你〉時，覺得歌詞想要傳達的寓意讓我非常感動，所以當下還特地記下歌名。

這首歌是 2022 年討論度極高的韓劇《二十五，二十一》的 OST，這部劇講述一個青春、改變與成長的故事，男主角是電視台體育記者，女主角是擊劍國家代表隊選手，兩人在 25 歲和 21 歲時相愛，並互相陪伴支持。就像歌詞寫的「為了你而奔跑，就算我的人生會有所改變，因為有你，我才可以綻放笑容、就算受傷了也不後悔，我會耀眼地照耀你，到這世界的盡頭」，完全寫出戀愛時為對方赴湯蹈火在所不惜的心情，只要對方在身邊，不管再苦都是甜蜜的，即使感到辛苦，覺得快撐不下去了，但一想到身邊還有支持自己、為自己應援的人，就又有了繼續走下去的動力。

其實這樣的關係不只是戀愛，偶像和粉絲之間亦如此。偶像努力表演，就是為了讓粉絲可以透過他們的表演得到治癒，粉絲努力為偶像應援，也是希望能把自己的愛傳遞給偶像，偶像接收到粉絲的愛，也能因此獲得能量。以前，我不太理解那些花大錢幫偶像刊登地鐵應援廣告、上打歌節目時送應援便當等等的事，覺得這些事對偶像沒有實質幫助，後

來從 SEVENTEEN 身上獲得心靈救贖之後，終於理解那種「想要對偶像傳達我的感謝、想讓他知道在遠處有一群粉絲會一直支持他」的心情。

後來我也做過一次應援活動，辦完音樂劇《VOLUME UP》之後，因為看到劇中飾演吉他手 TOMMY 的金政模在彈吉他時享受且耀眼的模樣，讓我想起高中時期曾短暫有過彈電吉他的夢想，當時學了半年就放棄，之後好幾次都想再挑戰，但一直沒有信心，感受到金政模出道 20 年仍對音樂和電吉他不變的熱愛後，我獲得了勇氣，覺得這次可以做到，馬上買了一把電吉他，現在也在努力學習中。為了感謝他讓我獲得重拾夢想的勇氣，我也和其他粉絲一起在韓國《VOLUME UP》末場表演時，送了應援便當和咖啡給他。後來他和我說，因為我們的支持，他也獲得很大的力量，知道我因為他重新開始學吉他，他也覺得很開心。

不管是談戀愛還是追星，希望你也能遇到一個「即使辛苦，但只要想到那個人的存在，就可以再獲得繼續向前跑的力量」的人，讓我們在這令人疲憊、偶爾感到厭倦的世界裡，可以互相獲得治癒，一起繼續努力、一起成長。✦

미안해. 하나도 하나도 아무것도 미안하지가 않아서,
그저 나답게 살아가고픈 것뿐.

對不起，因為我一點都不感到抱歉，
我只不過是想活得像自己。
—— 이영지 李泳知〈NOT SORRY〉

✦ 單字：

■ **그저** 就只是　　■ **살아가다** 活下去

✦ 文法：

1.　V-고픈＝ V-고 싶은　想要～

EX:　저는 하고픈 말을 참을 수 없어요.
　　　我有想説的話就會忍不住説出口。

　　　남들이 뭐라 하든 내가 가고픈 길로 갈 거예요.
　　　不管別人説什麼，我要走我想走的路。

2.　N뿐(이다)　只不過是～

EX:　내 마음 알아 주는 사람은 오직 너뿐이야.
　　　了解我的心的人就只有你了。

　　　가진 건 별로 없고 남아 있는 건 자존심뿐이야.
　　　幾乎什麼都沒有，剩下的只有自尊心。

미안해. 하나도 하나도 아무것도 미안하지가 않아
서, 그저 나답게 살아가고픈 것뿐.

我只不過是想活得像自己

韓國最近有一個非常流行的字「MZ 世代」，指的是 1981 年至 2010 年間出生的年輕人，因為社會變遷和經濟動盪，所以這個世代的人們自我意識越來越強烈，與上一個世代有很大的差異。身為 MZ 世代代表人物的李泳知，在歌詞裡展露了 MZ 世代的精神，對著那些給過多批評及指教的人喊出「我有問題想問，你有什麼資格對我指指點點？不要對我說教，你不是我的老師」和「對不起，因為我一點都不感到抱歉，我只不過是想活得像自己」，用 rapper 的態度大聲唱出我就是要做自己。

其實，MZ 世代的心態，和近年來韓國人推崇的 YOLO（You Only Live Once）哲學概念有些相似，因為只能活一次，所以要活在當下，活出自己想要的人生，從 BTS〈GO GO〉、aespa〈YOLO〉也都可以看見這種生活態度。MZ 世代對於職場的想法也和上個世代有很大的不同，以前是提倡「吃得苦中苦，方為人上人、吃苦就是吃補」的觀念，現在則是「盡力完成自己的工作，拒絕無償加班」，比起要求自己融入社會，更注重自己的生活與時間。至於消費方式，MZ 世代會更傾向於把錢花在自己認為有價值、有意義的物品上，而不是把錢花在日常生活的食衣住行上，他們可能會選擇節省好幾餐的花費，來購買名牌或追星這類能讓自己獲得滿滿幸福感的事物。

雖說整體社會風氣是鼓勵大家要勇敢做自己，但做自己的時候也要注意界線，不是打著做自己的名號就好像拿到免死金牌，將自己的無禮舉動合理化，如果做事情不負責任、

不管後果，那只是放縱和任性而已。比如有些人誤以為做自己就是不用看別人臉色，勇敢把自己想法都說出來，就不管三七二十一，想到什麼就說，沒考慮到當著朋友的面說出「這件衣服很不適合你欸、你交男朋友好像都是看內在，原來你不是外貌協會」之類的話有多失禮，那件衣服可能是對方非常喜歡的，更不用說男朋友了。

　　不管做什麼事，「適當」都是很重要的，我們在做自己的同時，也要謹守該有的界線，不要對他人造成困擾與傷害，我們在社會上，免不了需要和他人互助合作，不能一味堅持自己想法而拒絕溝通。在不影響他人的前提下，我們可以盡情做自己想做的，活出自己想要的人生。✦

My favorite things 그런 것들엔 좀 점수를 매기지 마.
난 생겨 먹은 대로 사는 애야.

不要對我喜歡的那些東西打分數，
我就是按照我本來的樣子過生活的人。
—— IVE〈Kitsch〉

✦ 單字：

■ 점수 分數　　■ 매기다 打 (分數)　　■ 생기다 長
■ 살다 活　　　■ 애 孩子

✦ 文法：

1.　V-지 마 不要～

EX:　손가락질하지 마. 니가 뭔데 날 가르쳐.
　　　不要對我指指點點，你算什麼還來教我。

　　　다른 사람들의 시선은 신경 쓰지 마.
　　　不要在意他人的視線。

2.　V-는 대로 按照～做某事 (現在式)

EX:　내가 원하는 대로, 바라는 대로 살아갈 거예요.
　　　我會按照我想要的、我期望的方式過活。

　　　망설일 때 마음이 시키는 대로 해요.
　　　在猶豫不決的時候，就按照心裡的聲音去做。

My favorite things 그런 것들엔 좀 점수를

매기지 마 . 난 생겨 먹은 대로 사는 애야 .

不要對我喜歡的那些東西打分數

　　Kitsch 這個字是源自於德文的深奧單字，字典上的解釋是「庸俗的藝術品」或「媚俗」，但它其實沒辦法找到相對應的中文詞語，因為很難用兩三個字就完整解釋。Kitsch 是一種社會現象，是指人們刻意為了討好大眾而做出的俗氣行為，在現代社會，Kitsch 除了討好大眾以外，也有自媚、討好自己的意思。IVE 這首歌就是在說我們可以擁有自己的風格，可以按照自己喜歡的方式做，因為那就是我的風格，就像是歌詞裡多次唱到「That's my style、只屬於我們的、自由的 19 歲的 Kitsch」一樣，大聲宣告這就是我。

　　「我們不一樣。喜歡特別的東西。不要對我喜歡的那些東西打分數。只做我喜歡的事又如何？這不是你的人生！」這段歌詞指出了社會上普遍的問題點，人們總是只看外貌跟穿著打扮就先替別人打分數，容易因為自己追求的是主流文化，就對其他非主流文化做出批評，像是如果做日系或韓系打扮，因為是現在的主流文化，大家會覺得很時髦、跟得上流行。若在台灣路上看到穿著龐克風的人，可能會在心裡猜測對方是否在玩搖滾樂團，看到穿著蘿莉塔風格或是最近日本流行的地雷系裝扮時，大部分的人可能會忍不住多看幾眼，甚至少部分的人可能還會脫口而出「好奇怪」。

　　並不是非主流的事物就是奇怪的，每個人的審美觀都不同，人人都有做自己的權利，不該因為喜歡的事情比較特別，就成為別人說嘴的對象。像是我很喜歡在頭髮上做各種嘗試，高一時就燙了一頭捲髮，那時有些親戚不理解，認為我就是硬要特立獨行，後來上了大學，迷上漂染髮，能想得

到的顏色像是大紅、紅棕、棕、橘、藍、綠、紫、粉紅、冷灰都染過了，有時也會一次挑染兩三個顏色，家人們也是覺得我都染「奇怪」的顏色。

　　雖然要完全不在意外界目光不容易，也會有不被理解的孤獨或委屈，但就像這首歌的歌詞講的，只要自己喜歡，想穿就穿，貫徹自己的風格。我們都只會活一次，可以按照自己的喜好來裝扮。不過，在追求自己喜歡事物的同時，也要避免戴上有色眼鏡去看他人，要尊重每個人的喜好，我們不想被別人打分數，也記得不要隨便對別人打分數。✦

오늘 집에 가는 길에 내게 수고했다고
마냥 쉽지 않았지만 나쁘지 않았다고.

今天回家的路上，對自己說聲辛苦了，
雖然今天過得不輕鬆，但也還不差。
—— SEVENTEEN〈청춘찬가 青春讚歌〉

✦ 單字：

- 길 路
- 내게=나에게 對我
- 수고하다 辛苦
- 마냥 非常
- 쉽다 容易
- 나쁘다 不好的

✦ 文法：

1. A-다고 (하다), V-(느)ㄴ다고 (하다)
   間接引用句（現在式陳述句）

EX: 힘들면 힘들다고 해도 괜찮아요.
累的話就說累沒關係。

무슨 일하든 최선을 다해야 된다고 생각해요.
我認為無論做什麼事都要盡全力。

2. A/V-았/었다고 (하다) 間接引用句（過去式陳述句）

EX: 자기 전에 자신한테 오늘 잘했다고 한 마디 해 보세요.
睡前試著跟自己說一句今天做得很好。

한 번 실패했다고 실패자인 것은 아닙니다.
雖然說失敗了一次，但不代表是失敗的人。

오늘 집에 가는 길에 내게 수고했다고 마냥 쉽지

않았지만 나쁘지 않았다고 .

別忘了對自己說聲辛苦了

遇到挫折時，該如何面對和克服似乎是我們一輩子的課題，但是直視挫折和承認自己的不足其實很不容易，找到方法克服並解決又更不簡單。每個人的煩惱都不盡相同，可能是為了人際關係煩惱、為錢煩惱、為了職場上遇到的困難而困擾，我們的生活無可避免地充滿大大小小的煩惱。

這首〈青春讚歌〉，其實是 Hoshi 在某次演出時犯下失誤後，對成員們說了一句「미안, 나도 오늘 처음 살아 봐서 對不起，對我來說，我也是第一次活在今天」，讓 WOOZI 有了創作這首歌的靈感。我們遇到挫折時，可能會對自己失望，但每個人的人生都只有一次，每個今天也都是第一次，沒有人一開始就什麼事都做得很好，只是因為每個人天生就不一樣，成長背景也不同，對其他人而言很容易的事情，可能對我是很困難的事情。所以也不用因為別人都做得很好，只有我做不好而感到太絕望，在發現自己的不足之後要怎麼改進，才是更重要的。如果只想著「那些人就是天生比我厲害、我就是沒那方面的才能」自怨自艾認為自己就是做不到，那就真的沒有機會做到了。

有一個知名的學習理論叫「庫柏經驗學習理論」，這個理論有四個階段，分別是具體經驗、反思觀察、抽象概念化、主動驗證。意思是要學會某項技能，必須先體驗過一次，從失敗的經驗反思問題點，整理出思考後得到的結論後，再主動挑戰。透過這四個步驟，就可以習得某項技能。所以我們不能只停在第一個階段，要是遇到挫敗就停下，沒有去做後面的三個步驟，下次很高的機率會再面臨一樣的挫折。

雖然我認為遇到挫折時，要積極反思並改進，但並不代表要否定自己傷心難過的情緒喔！當下心情不好都是情有可原的，畢竟自己也很努力嘗試，在那個時候也只有自己才有辦法好好安慰自己。不管旁人怎麼安慰，效果可能都有限，就像〈青春讚歌〉歌詞想傳達的，我們要告訴自己「你辛苦了！你已經努力過了，遇到困難沒什麼大不了，沒有人一開始就做得很好，雖然這次結果不盡滿意，但其實你也不是全然地失敗，努力的模樣真的很值得稱讚，在努力的過程中也是有學習到一些事情。」

　　像是學習韓文，有時候會產生「我好像真的沒有天賦，是不是該放棄」的念頭，但是學習外語本身就不容易，一直背不起來又怎樣呢？不需要因此自我懷疑，忘記的話再背一次就好！考不好並不代表之前的努力都毫無意義，雖然結果也很重要，但在準備考試的過程中，學到的東西也非常重要。別因為一次的挫折就否定自己，對努力學習的自己說聲「辛苦了」。下定決心學外語，並且也正在這麼做的你已經是非常勇於挑戰，也肯付出努力的人了，要做到這件事已經很不容易了，真的要稱讚一下自己，給自己點鼓勵。✦

第三章

偶像講過的
經典名言

내 뜻대로 안 되는 하루하루가 안개처럼 흐릿하지만
수많은 길이 내 앞에 있어 .
——SEVENTEEN〈같이 가요〉

CHAPTER 3

저는 목표가 없어요. "어디까지 가야 된다"에 대한 스트레스가 있어
요. 그럼에도 맡은 바 최선을 다해서 해내는 성격이에요.
혼란스러울 때는 목표를 갖지 않는 것도 좋지 않을까요?

我沒有目標。對於「必須達到哪裡」這件事感到很有壓力。
儘管如此，我會盡全力做好自己份內工作。
感到迷惘時，沒有目標或許也不錯吧？
── 유재석 劉在錫

✦ 單字：

☐ **목표** 目標 　 ☐ **스트레스** 壓力 　 ☐ **맡다** 交付

☐ **최선** 盡全力 　 ☐ **해내다** 做到 　 ☐ **혼란스럽다** 感到混亂

☐ **갖다** 擁有

✦ 文法：

1. N에 대한　對於～

EX: **맡은 일에 대한 부담감이 좀 있는 것 같아요.**
對於交付到自己身上的工作好像有點感到負擔。

자신에 대한 의심과 원망을 하지 마세요.
請不要懷疑與埋怨自己。

2. V-(으)ㄴ/는 바　～的事

EX: **느낀 바가 많아서 오늘 밤에 일기 쓰려고 합니다.**
因為今天有很多感觸，晚上打算寫日記。

아는 바 없어서 말씀 드릴 수가 없습니다.
因為我什麼都不知道，所以沒有辦法告訴您。

저는 목표가 없어요. "어디까지 가야 된다"에
대한 스트레스가 있어요. 그럼에도 맡은 바 최선을
다해서 해내는 성격이에요. 혼란스러울 때는 목표를
갖지 않는 것도 좋지 않을까요?

或許沒有目標也不錯吧？

在人生的各個階段，我們常會被期許要有明確目標，從小學、中學到大學，甚至進入職場，這些目標似乎總是指引著我們的方向。因此，失去目標好像就失去方向，令人感到徬徨，不知下一步該何去何從。在某一集訪談中，學測滿分者問了主持人劉在錫該如何設定目標，因為自己從小到大的目標就是考上第一學府，然而在目標達成後卻開始感到茫然，不知該如何設定下一個目標。就算是如此傑出的人也會有這樣的煩惱，因為我們太習慣照著設定好的路徑向前走，失去目標反而會無所適從。

出乎意料的，劉在錫表示自己是個不設定目標的人，因為他認為「必須要達成什麼目標」令他感到負擔，為了避免這種壓力，他盡量不設定個人目標，而是當下極度專注在每一個工作上，盡力把交付給自己的每件事都做到最好。有時沒有目標沒關係，把眼前任務做好就很重要，當我們專注於當下的每一個小任務，付出心力去完成它們，擺脫「一定要達成某個目標」的負擔，就更可以享受每一刻，也會發現生活中依然充滿了成就感。

劉在錫說的「或許沒有目標也不錯吧」，其實並不是告訴我們不要設立目標，而是當遠大目標會成為壓力時，不如將遠大目標切割成每一天的代辦清單。每個人適合的模式都不同，重要的是找到最適合自己的方式。有些人喜歡制定長期計畫，循序漸進朝目標前進，使他感到安心；有些人隨遇而安，致力於過好每一天。不管是哪種方式，只要能讓自己感到充實和滿足，就是最好的選擇。

當然，我們難免會忍不住跟別人比較，尤其是在社交媒體上看到他人似乎過得更加精采時，心裡的不安、嫉妒、焦慮就會浮現。然而，眼前的小任務和自己的進步，才是我們真正應該關注的。每個人都有自己的出路，適合自己的速度，當找不到目標、迷失方向時，不如學習劉在錫的生活哲學，現階段沒有目標也沒關係，先盡力完成手邊的每一件小事吧！✦

句子出處：YOU QUIZ ON THE BLOCK EP.71

가만 있으면 아무것도 해결되지 않는다. 더 깊은 수렁으로
빠지기 전 내 의지로 나와야 할 뿐.

靜靜坐著不會解決任何問題。在陷入更深的泥沼之前，
我必須依靠自己的意志力走出來。

—— 이동욱 李棟旭

✦ 單字：
- ☐ 가만 靜靜地
- ☐ 해결되다 解決
- ☐ 깊다 深的
- ☐ 수렁 泥沼
- ☐ 빠지다 陷入
- ☐ 의지 意志
- ☐ 나오다 出來

✦ 文法：

1. N(으)로 往～（方向）

EX: 일을 좋은 방향으로 이끌고 싶으면 긍정적으로 생각해야
돼요.
如果想要事情往好的方向發展，必須要有正向的想法。

뒤로 돌아보지 마세요. 앞으로 일어날 일이 더 중요하니까요.
請不要回頭看，因為以後發生的事情更重要。

2. A/V-(으)ㄹ 뿐(이다), N일 뿐(이다) 只是～

EX: 어려움을 극복하려면, 결심해야 할 뿐이에요.
如果你想克服困難，只需要下決心。

지금의 고통은 과정일 뿐 시간이 지나면 좋은 추억으로
남을 거예요.
現在的痛苦只不過是過程，隨著時間的流逝，它會成為
美好的回憶。

가만 있으면 아무것도 해결되지 않는다 . 더 깊은
수렁으로 빠지기 전 내 의지로 나와야 할 뿐 .

我必須依靠自己的意志力走出來

李棟旭從 1999 年出道至今，幾乎每年都有戲劇作品，擁有《我的女孩 My Girl》、《孤單又燦爛的神—鬼怪》、《他人即地獄》等多部知名代表作，這些作品鞏固了他在廣大觀眾心目中的位置。然而，光鮮亮麗的表面背後，他隱藏了一段不為人知的心事。多年後，李棟旭才首度坦言，在拍攝《孤單又燦爛的神—鬼怪》結束後，他遭遇了一場極大的生涯瓶頸，他形容這段時期如同被枷鎖束縛，感覺手腳無法自由行動，難以向前邁進。

歷經兩年多的低潮，他才體會到了一個人生真理：「靜靜坐著並不會解決任何問題。在陷入更深的泥沼之前，我必須依靠自己的意志力走出來」。遇到困境走不出去時，能幫助我們的只有自己，沒有任何人或外力可以替我們解決問題，唯有依賴自己的努力和決心，自己想辦法跨出第一步，才有機會逃離深淵。勇敢邁出那關鍵的第一步或許很艱難，但卻是能改變現況的第一步。

當我們傷心難過時，朋友們常會用各種安慰的話語來支持我們，這些安慰話都很好懂，但就是很難做到。例如失戀時，即使朋友不斷給予祝福和安慰，甚至積極介紹新的對象給我們認識，但我們可能仍然困在自己心中建造的籬笆裡，無法釋懷，不願踏出去重新面對生活。這些時候，他人的關心和鼓勵固然重要，但比起這些，更關鍵的還是當事人自己的行動和決心，只有我們自己先願意抬起腳步，才能勇敢邁出最艱難的第一小步。

我的口頭禪之一就是「做了雖然不能保證結果會如何，但是我知道，如果什麼事也不做的話，那就什麼也不會發生」，這句話在我生活中扮演著重要的角色，提醒我不論面對什麼困難或挑戰，唯有採取積極的行動，才可能帶來改變和成就。過去經驗告訴我，即使他人給予再多建議或勸說，最終還是得靠自己的行動和努力。有時，一個轉念、一個決定，比旁人千言萬語更有影響力。✦

句子出處：YOU QUIZ ON THE BLOCK EP.136

DAY 18

솔직히 저는 과거는 그닥 신경 쓰지 않아요. 현재 지금이 너무 너무 중요하고 미래가 중요하기 때문에 본인의 인생이니까 자기 자신을 좀 더 믿고 움직이는 게 좋지 않을까?

老實説，我並不是那麼在意過去。現在很重要，未來也非常重要，因為這是自己的人生，我認為要更相信自己，並付諸行動會更好。

—— 태연 太妍

✦ 單字：

☐ **과거** 過去　　☐ **그닥** 不那麼　　☐ **신경을 쓰다** 在意

☐ **현재** 現在　　☐ **미래** 未來　　☐ **본인** 本人

☐ **인생** 人生　　☐ **믿다** 相信　　☐ **움직이다** 行動

✦ 文法：

1. A/V-기 때문에 因為～所以～

EX: 미래를 위해 더 나은 선택을 해야 하기 때문에, 자신을 믿어야 해요.
因為為了未來要做出更好的選擇，所以要相信自己。

매일 최선을 다해 열심히 살기 때문에 후회는 없을 거예요.
因為每天都盡全力認真地生活，所以不會有遺憾。

2. A/V-(으)니까 因為～所以～

EX: 자신을 믿는 것이 가장 중요하니까 남의 의견에 휘둘리지 마세요.
因為相信自己最重要，所以不要被別人的意見左右。

실수를 통해 많은 것을 배울 수 있으니까 실패를 두려워하지 않아요.
因為可以從錯誤中學習到許多事，所以不害怕失敗。

書寫

솔직히 저는 과거는 그닥 신경 쓰지 않아요 . 현재

지금이 너무 너무 중요하고 미래가 중요하기 때문에

본인의 인생이니까 자기 자신을 좀 더 믿고 움직이는

게 좋지 않을까 ?

老實說，我並不是那麼在意過去

「如果我那時沒有那樣做，現在會不會不一樣？」我們常常會陷入對過去的懷悔之中，認為如果當初做了不同的選擇，現在的人生是不是就會有所不同。也許是對某次錯失的機會耿耿於懷，或是對某段不愉快的經歷難以釋懷，讓我們不斷回顧過去的失誤，陷入鬼打牆的狀態。但在原地繞圈走不出來的話，會逐漸影響自信心和對未來的期待，過分糾結於過去、活在懷悔之中，會讓我們無法專注於當下生活，也無法看見更多機會和美好。不但會錯過可以創造新回憶的時刻，還會讓我們的生活品質下降，陷入無止境的自我懷疑之中。

少女時代的隊長太妍，曾在訪談中提到自己並不是那麼在意過去，因為現在和未來才是更重要的，以前她也認為「時間會治癒一切」這句話是對的，但這幾年經歷了一些事之後，有了不同的想法，「時間並沒有治癒一切，只是長了一層厚厚的繭，讓我們對這件事變得麻木。等待時間流逝也許不是解決問題的答案，人生不是數學，沒有標準答案，如何接受這一切，以及如何度過這段時間，才是最重要的。」過去的一切我們無法抹滅，與其沉溺其中，不如想辦法與之共存，曾經發生在我們身上的每一件事，造就了現在的我們，比起過去，現在才是能夠掌控和改變的，為了讓「未來的我」不要感到後悔，現在的我更要努力專注在當下。

未來的迷人之處在於其不可預知性，正因為無法確切知道會發生什麼，讓我們有無限的空間去想像和期待。二十歲的我、三十歲的我，每一個時期的我，對於一樣的春夏秋冬，

會有不一樣的感受。每個當下都是我們創造未來的基石，只有通過不懈的努力，才能將那個充滿期待的未來變成現實。要相信未來的我一定會和過去的我不同，未來的美好正等著我去探索和實現，只要相信自己，不懈奮鬥，就一定能迎來屬於我們的精采人生。

　　我們每個人的過去都可能會有絆住我們的事，但要學會放下對過去的執著，接受那些已經發生的事情，並從中得到寶貴的經驗。放下過去，才能以更積極的心態迎接未來的挑戰。每一個新的一天都像是未知的禮物，正因為未來是未知的，我們更有理由相信自己可以成為更好的我。✦

句子出處：[SUB] *INVU* '노력형 천재' 소녀시대 태연이 불안을 다독이는 법? | #ELLE 사적대화 [제작지원] TAEYEON ELLE Personal Conversation

나는 음악하고 예능 두 분야의 공존이 가능하다는 걸 증명
하고 싶어. 나는 둘 다 안고 이렇게 끝까지 가 보려고.

我想證明音樂和綜藝兩個領域可以共存。
我想同時兼顧這兩者，並一直走到最後。
—— KEY

✦ 單字 :

- **음악** 音樂
- **예능** 綜藝
- **분야** 領域
- **공존** 共存
- **가능하다** 可以
- **증명하다** 證明
- **안다** 抱著
- **끝** 最後

✦ 文法 :

1. A-다는 N 説～的～

EX: 내가 절대 할 수 없다는 사람들에게 성공해서 보여 줄
거예요.
我要成功，然後證明給那些説我絕對做不到的人看。

같이 목표로 달려가는 친구가 있다는 것은 세상 최고의
복이에요.
擁有一起奔向目標的朋友是世界上最棒的福氣。

2. V-(느)ㄴ다는 N 説～的～

EX: 저는 다른 사람이 저의 한계를 설정한다는 것을 좋아하지
않습니다.
我不喜歡別人替我設下界限。

그분은 일 잘하신다는 입소문이 퍼졌어요.
他工作能力很強的口碑傳開了。

나는 음악하고 예능 두 분야의 공존이 가능하다는 걸
증명 하고 싶어. 나는 둘 다 안고 이렇게 끝까지 가
보려고 .

我想證明音樂和綜藝兩個領域可以共存

偶像團體 GOT7 出身的 BamBam 擔任《換乘戀愛 2》的特別嘉賓，在節目中金句連發，頂著帥氣臉蛋，用溫柔語氣輕聲說出「真是一群搞笑的人，剛剛還在哭，沒多久就想要展開新戀情，這裡的人十分鐘之後都會變心」，這些事實爆擊，簡直講出觀眾們的心聲，從此好感度大幅上升。原本在 GOT7 合約結束時就打算回家鄉泰國的 BamBam，因為這個契機，開啟了一條新的演藝之路。

雖然 BamBam 很開心受到大眾關注，但他也發現，知名度提升之後，大眾對他的搞笑印象太過深刻，曾有粉絲在表演影片下留言「明明是很帥氣的表演，但是看到 BamBam 就想笑」。為此，他刻意減少綜藝節目演出，擔心會影響自己的本業。BamBam 某次和 SHINee 的 KEY 聊到這個煩惱，身為過來人的 KEY 馬上理解，說粉絲們都是對你有好感才會留言，是因為大家覺得你很有趣、很親切、很像自己身邊的朋友，雖然我們想聽的是其他話、想聽到對表演的稱讚，但是透過這種方式，可以連接兩個領域不同的工作也很好。KEY 認為音樂和綜藝兩個領域是可以共存的，雖然可能有些人不看好，但他會努力到最後，證明給大家看，兩件事情是可以同時做好的。

其實從開始教韓文，到現在嘗試挑戰主持和翻譯的過程中，我也曾面臨類似煩惱，身邊也有朋友不理解，認為我應該在一個領域深耕發展，而不是每一項都做一點。在深思之後，我反而認為現在這個世界不容許我們只會做一件事，在人人追求斜槓身分的社會，擁有多工能力才能掌握更多機

會，也才能接觸到更大的世界。在能力範圍內且情況允許之下，我認為應該要把握每一個機會，想做的事情就努力證明可以做到。

　　像這樣在不同領域發展，看似彼此衝突，實際上只要調節得宜，兩個身分是可以彼此幫助、相輔相成的。EXO 的 KAI 曾在《認識的哥哥》遊戲環節裡說出「內褲裡的兩個字」引起轟動，KAI 一開始也擔心這種搞笑形象會有負面效果，但後來他也改變想法，認為很多人因此認識他也是好事。像這樣在多個領域發展，反而能創造出正向迴圈，多重身分不僅可以拓展我們的視野，也讓我們在不同的領域中都能有所成長。✦

句子出處：[SUB] 뱀이에겐 너무 멋진 Good & Great 키 손배님이거든요 ~(ENG/TH)Ep.2

저는 그런 목표가 있으면 그 목표를 이루기 위해서 어떻게든
열심히 노력하게 되고 그런 게 발전의 밑거름이 되니까
일단 꿈을 크게 잡는 편이에요.

如果有了目標，無論如何我就會努力去達成，而這個過程
一定會讓我有所進步，所以我總是喜歡設定遠大的目標。
—— 이준호 李俊昊

✦ 單字：

■ **이루다** 達成　　■ **노력하다** 努力　　■ **발전** 發展

■ **밑거름** 基底　　■ **잡다** 抓

✦ 文法：

1. **V-게 되다** 變成～

EX: **이준호의 이야기를 듣고 다시 꿈을 꾸게 되었어요.**
聽了李俊昊的故事之後，再次有了夢想。

이 일을 계속 하다 보니까 좋아하게 됐어요.
這件事做著做著就開始喜歡上它了。

2. **V-는 편이다** 算是～類的

EX: **저는 뭐든 하기 전에 미리 준비하는 편이에요.**
我不管做什麼之前，都會事先準備。

저는 목표가 있으면 앞뒤 안 가리고 달리는 편이에요.
我有目標的話，就會不顧一切地全力以赴。

書寫

저는 그런 목표가 있으면 그 목표를 이루기 위해서
어떻게든 열심히 노력하게 되고 그런 게 발전의
밑거름이 되니까 일단 꿈을 크게 잡는 편이에요.

如果有了目標，無論如何我就會努力去達成

　　你記得童年的夢想嗎？小時候我們都盡情做夢，大聲說出長大後想成為怎麼樣的人，但在長大的過程中，似乎失去了做夢的勇氣與說出口的自信，漸漸開始不敢說出自己的夢想，旁人的揶揄也會讓我們不敢做夢。不過為什麼連做夢都要顧慮別人呢？不管是遠大夢想還是小小心願，有了方向，就會讓我們每天的生活更有目標，讓每件事都更有意義。

　　每個人都有做夢的權利，就像是 2PM 的俊昊一樣，俊昊從國三就夢想成為演員，為了要進入演技部學習，選擇了一所通勤時間長達 50 分鐘的高中就讀。年紀小小的他，就開始夢想著以演員身分參加坎城影展或奧斯卡頒獎典禮，為了抓住所有機會，即便當時夢想是成為演員，還是報名了經紀娛樂公司 JYP 與電視台合作舉辦的選秀節目，在節目中想盡辦法展現自己、吸引觀眾注意，讓人留下深刻印象，他的努力和才華，最終讓他脫穎而出獲得冠軍。隨後，俊昊在經紀公司安排下以偶像身分出道，雖然不是一開始就夢想的演技工作，他卻毫不退縮，無論做任何事都竭盡全力。

　　雖然俊昊一開始在團體中不算人氣成員，甚至還常在其他成員都有個人行程外出工作時獨守宿舍，但他不因此感到氣餒，而是思考怎麼樣才能讓自己被更多人看見，即使當時觀眾視線不在他身上，他還是默默堅持毫不懈怠，經過多年耕耘，終於開始在戲劇圈嶄露頭角。俊昊曾在訪談節目中談論到小時候的夢想，他表示「如果有了目標，無論如何我就會努力去達成，而這個過程一定會讓我有所進步，所以我總是喜歡設定遠大的目標」，就是因為在往夢想前進的路上

累積了足夠的養分，才能在機會來臨時好好把握，並向大眾展現這期間累積的實力。有時我們看著別人在上風處意氣風發，就覺得對方很幸運，能得到實現夢想的機會，但其實人家可能早在下風處默默辛苦十年，無人問津。

　　雖然我們可能已經忘了或是不敢再懷抱夢想，覺得自己在如此宏大的夢想面前，顯得太過渺小和微不足道，但這不應該成為我們放棄的理由。我們可以將遠大的夢想拆分成一個個小目標，逐步實現。最終我們會發現，努力不會背叛你，回首才發現自己已經走了很遠的路。就算最後夢想沒有實現，但在過程中只要有努力，就‧定會有收穫。✦

句子出處：YOU QUIZ ON THE BLOCK EP.159

내가 일을 너무 열심히 빡빡하게 하느라고 많이 나를 좀 못 돌봤구나. 30대가 되면 나를 조금 돌보고 여유를 가지며 일해야 할 것 같다.

因為我太拼命工作了，以至於沒有好好照顧自己。到了三十歲，我覺得應該多照顧自己，放慢腳步，從容地工作。

—— IU

✦ 單字：

■ **빡빡하다** 緊湊的　　■ **돌보다** 照顧　　■ **대** 代

■ **여유** 餘裕　　■ **가지다** 擁有

✦ 文法：

1. V-느라고 為了～（後句通常是為了做某事而導致的負面結果）

EX: 발표 준비하느라고 잠을 못 잤어요.
為了準備發表沒辦法睡覺。

돈을 버느라고 가족과의 시간을 많이 보내지 못했어요.
為了賺錢沒辦法多多陪伴家人。

2. V-(으)며 一邊～一邊～

EX: 여가 시간을 즐기며 워라밸을 찾아 보는 게 어때요?
一邊享受閒暇時光，一邊尋找工作和生活的平衡如何呢？

소박한 일상에서 행복을 느끼며 마음의 평안을 찾았어요.
一邊在樸素的日常生活中感受幸福，一邊找到了內心的平靜。

내가 일을 너무 열심히 빡빡하게 하느라고 많이
나를 좀 못 돌봤구나. 30 대가 되면 나를 조금 돌보고
여유를 가지며 일해야 할 것 같다.

因為我太拼命工作了，以至於沒有好好照顧自己

2008 年，年僅十六歲就出道的 IU，一路從歌手、作詞作曲、主持、電視劇到電影演員，堪稱是這個時代的六角形全能藝人，從〈好日子〉中的三段高音一戰成名後，接連發行了〈YOU&I〉、〈夜信〉等許多膾炙人口的歌曲，IU 在戲劇圈的表現也很出色，《月之戀人－步步驚心：麗》的解樹、《德魯納酒店》的滿月社長，即使已劇終，其鮮活形象還深植人心。從細數不完的代表作可以發現，IU 骨子裡是個不折不扣的工作狂，也能看見她對夢想的執著和無盡的努力。

但馬不停蹄地工作，使得 IU 從 2017 年開始發現身體不堪負荷，除了患有嚴重的失眠，還開始對舞台產生恐懼，在拍攝電視劇《我的大叔》時因為身心狀況非常不好，曾跟導演提出退出拍攝的想法，後來甚至還深受耳咽管開放症的折磨，每況愈下的身心狀態令 IU 警覺，必須開始注意自己的身體狀況，三十歲以前的人生，好像只為了工作而奔波，IU 期望自己之後要多注意健康，希望自己保持在游刃有餘的狀態，讓生活跟工作可以取得平衡。

2022 年秋天，我因久坐辦公加上工作壓力，椎間盤突出和帶狀皰疹同時找上門，一開始發現身體有點不對勁時，還認為趕工比較重要，所以沒有正視這件事，等到疼痛難以忍受，才驚覺原來我的身體已經在抗議了，當初為了工作而選擇忽視身體發出的警訊，換來的代價是每週必須到醫院報到、持續幾個月的復健，原本放不下的工作也只能被迫暫停。看著累積厚厚一疊藥單和長長一串代辦事項，不禁陷入

思考：「是從哪裡開始錯了呢？該從哪一步修正才對呢？」
這時才領悟「健康是金錢買不到的」這句話的真理。此後，
我開始調整工作在生活中的比重，為了身體健康，每週安排
一至兩堂拳擊課，也重啟吉他課程，有了這些調劑，不只體
力跟精神狀態都變好，工作效率也逐漸提升。

　　我們總是在失去之後才知道健康有多珍貴，疼痛是身體
給我們的警訊，有任何一點蛛絲馬跡，就是該採取行動、給
身體一點喘息空間的時候了。休息只是按下暫停鍵，給自己
足夠時間來恢復體力和精神，並重新審視目標和方向。適當
運動和發展興趣愛好，能幫助我們維持健康和工作的平衡，
只有照顧好自己的身體，才能全力以赴追尋夢想，迎接更多
挑戰。✦

句子出處：YOU QUIZ ON THE BLOCK EP.100

DAY 22

오늘 할 수 있는 최선을 다하자. 예쁘게 기분 좋게 감사한 마음 가지고 행복하게 보내사. 그런 좋은 생각을 할 수 있음에도 감사한 거야.

今天盡全力做到最好吧！懷著愉悅且感恩的心情，幸福地度過每一天吧！覺得自己能擁有這樣正面的想法，也是很值得感謝的事。

—— 이성경 李聖經

✦ 單字 :

■ **감사하다** 感謝　　■ **행복하다** 幸福　　■ **생각** 想法

✦ 文法 :

1. V-자 ～吧

EX: 어렵게 생각하지 말자! 문제를 하나씩 해결해 보자.
別想得太難！我們一個個解決問題吧。

할 수 있는 만큼 해 보자! 결과는 나중에 생각하자.
盡我們所能去做吧！結果以後再考慮。

2. A/V-(으)ㅁ에도 (불구하고) 即使～也還是～

EX: 결과가 좋지 않음에도 우리의 노력을 인정받았어요.
雖然結果不好，我們的努力還是得到了認可。

상황이 어려움에도 우리는 긍정적인 태도를 유지했어요.
雖然情況困難，我們還是保持積極的態度。

오늘 할 수 있는 최선을 다하자. 예쁘게 기분 좋게 감사한 마음 가지고 행복하게 보내자. 그런 좋은 생각을 할 수 있음에도 감사한 거야.

覺得自己能擁有正面的想法，也是很值得感謝的事

什麼是幸福？什麼是不幸？幸福和不幸的定義是由誰決定的？維基百科上說，幸福是一種持續時間較長的心靈滿足。時間較長又是多久才算長呢？因為幸福是一種心理感受，難以用數字衡量，看似難以捉摸的幸福，其實就在我們身邊隨處可見。

一直以來，李聖經的形象都是活潑開朗，感覺是一個身邊充滿了許多愛的人，看似無憂無慮的她，其實也經歷過低潮，因為工作繁忙，身體處在緊繃狀態，精神開始出現異常，被稱為「幸福賀爾蒙」的多巴胺和血清素都無法正常分泌。有一天，她在看某個展覽時，看見了一個問題：「你是否常常問自己問題呢？」李聖經回想後發現，原來她常常問自己「還好嗎？」努力關心自己身心狀況，比起那些常常自責的人，自己已經是很正向樂觀的人，想通了這點之後，她把這個想法記錄在日記上，寫完後又突然體悟，「自己能擁有這樣正面的想法，也是很值得感謝的事」。

疫情之後，我的工作模式從每天出門到學校兼課，變成每天待在家裡線上上課，工作空間與生活空間的界線變得模糊，加上自己有點工作狂傾向，所以這種看起來隨時可以下班休息的工作型態，反而變成隨時都處在上班模式，沒辦法真正放鬆休息。經過一陣子的調適後，我才意識到，其實能夠自由安排工作時間已經是很幸福的事。

就像牙痛時才發現大口吃肉有多快樂，手腳受傷時才知道自由移動多珍貴，我們總是在痛苦時才體會到，原來那些稀鬆平常的小事，都是快樂。仔細想想就會發現，其實我們身邊有很多值得感謝的事。幸福與不幸的界定因人而異，每個人都有自己獨特的看法和感受，像李聖經一樣，她透過自我對話和日常小確幸，重新找回心靈的平衡和滿足。對我來說，疫情後的工作方式雖然帶來挑戰，但也讓我重新評估自由和工作間的平衡，意識到幸福常常藏於生活細節中。當我們學會用正向和感恩的眼光看待每一天，即便是平凡時刻，也能成為快樂源泉。✦

句子出處：EP.73 조현아의 목요일 밤

그날, 방황했고 힘들었고 복잡했던 그 모든 과거를 끝내는 날.
그리고 또 다른 시작이잖아요.
끝이자 시작이기도 한 D-DAY.

那一天，是結束徬徨、辛苦和複雜過去的日子。
也是另一個開始。既是終點又是起點的 D-DAY。
—— Agust D

✦ 單字：

■ **방황하다** 徬徨　　■ **힘들다** 辛苦　　■ **복잡하다** 複雜
■ **끝내다** 結束　　　■ **끝** 最後　　　■ **시작** 開始

✦ 文法：

1. A/V-았/었던 曾經～的（與現在無關的動作）

EX: **좋았던 기억 덕분에 힘든 시기를 견딜 수 있었어요.**
因為那些美好的回憶，我才能度過這段艱難的時期。

아팠던 날이 있었기에 지금의 내가 있어요.
因為曾經有過痛苦的日子，才有了現在的我。

2. N이기도 하다 也是～

EX: **그 편지는 추억이기도 하고 앞으로 나아갈 힘이 되기도
해요.**
那封信既是回憶，也成為我前進的動力。

**이 흉터는 나의 기념품일 뿐만 아니라 성장의 상징이기
도 해요.**
這道傷疤不僅是我的紀念品，也是成長的象徵。

書寫

그날, 방황했고 힘들었고 복잡했던 그 모든 과거를
끝내는 날. 그리고 또 다른 시작이잖아요. 끝이자
시작이기도 한 D-DAY.

既是終點又是起點的 D-DAY

Agust D 其實是 BTS SUGA 的另一個身分，BTS 在全世界受到注目後，一舉一動都在聚光燈下。因此，好像每個決定、每個行為都必須更小心翼翼，因為身為 SUGA 就會與團體 BTS 連結，雖然內心有很多想說的話，但無法暢所欲言，所以他給了自己另一個角色，利用 Agust D 這個身分，可以讓他更自由自在地抒發己見。在 Agust D 發行的第一首歌〈The Last〉中，首次向大眾揭露了自己曾在十八歲患上憂鬱症的事實，也訴說了自己出道前當外送員不幸發生車禍的故事，那場車禍造成他嚴重肩傷，留下後遺症，讓他日後練舞和活動時更加艱辛。

SUGA 計畫要讓 Agust D 發表三張專輯，首張專輯是向大眾介紹這個新身分，也讓大家知道自己過往的內心世界，時隔四年後發行的第二張專輯，則是讓大家更了解他對音樂的熱愛，並且更赤裸地分享真實的自己，告訴大家他與我們沒有什麼不同，也會徬徨與無助。三部曲中的最後一張專輯名稱《D-DAY》，看似是結束所有複雜的過去、徬徨與辛苦的一天，實則是開啟一段新的篇章，看起來像是結束，其實是揭開新的序幕。

第三張專輯收錄曲〈AMYGDALA〉這首歌的 MV 中，Agust D 被困在一個小房間裡，腦中不斷播放過往的創傷畫面，他掙扎著想要逃離這個空間，卻怎樣也打不開深鎖的門。在該專輯發表後的巡迴演唱會最終場上，有別於其他場次在唱完〈The Last〉即結束，最終場的最後一幕，是打開了那扇多年來囚禁自己的大門，走出門的同時，眼中噙著淚

水、微笑揮手向過去道別。也許我們每個人心中也都有一個困住自己的心魔，要相信總有一天我們也能找到離開它的那扇門，成功找到自己的《D-DAY》，重新面對完整的自己，並踏上新的旅程。

　　面對自己的創傷，過程絕對不會是舒適而安穩的，正視讓自己痛苦的過去也不會是令人愉快的經驗，但如果我們選擇無視這些創傷，傷口最終只會不斷擴大成更難以收拾的局面，正視並面對完整的自己需要很多勇氣，因為這不但代表我們要接納自己的不完整，也要忍受更多的挫折與痛苦。等待傷口癒合的過程也需要大量的耐心，雖然會是漫長而艱難的旅程，但是我們一定要相信自己有做得到的力量。✦

句子出處：[슈취타] EP.9 RM with Agust D

어른은 뭘까? 파도 속에서 진주를 키워 나가는 조개처럼 진리는 되게 단순한 것 같아요. 고민하고 고통 받으며 선한 영향을 주는 사람, 1.1인분의 사람이 어른이 아닐까?

大人是什麼呢？就像是在海浪中孕育出珍珠的貝殼，真理好像其實是很單純的。那些經過苦惱和苦痛的同時，還能給予他人正面影響的人，或許，能做到超過自己本分的 1.1 倍的人，就是大人吧？

—— RM

✦ 單字：

어른 大人	**파도** 海浪	**진주** 珍珠
키우다 養育	**조개** 貝殼	**진리** 真理
단순하다 單純	**고민하다** 苦惱	**고통** 痛苦
선하다 善良的	**영향** 影響	

✦ 文法：

1.　N처럼　像～一樣

EX:　바다처럼 마음이 넓은 사람이 되고 싶어요.
　　　想要成為像大海一般心胸寬大的人。

　　　어떻게 하면 어른처럼 행동하고 생각할 수 있나요?
　　　要怎樣做才能像大人一樣行動和思考呢？

2.　A/V-(으)ㄹ까?, N일까?　是～？（問句結尾）

EX:　사랑할 줄 아는 사람이면 어른이라고 할 수 있을까?
　　　懂得愛人的人就算是大人了嗎？

　　　받은 사랑을 주변 사람들에게 베풀면 더 의미 있지 않을까?
　　　把收到的愛回饋給身邊的人，會不會更有意義呢？

어른은 뭘까 ? 파도 속에서 진주를 키워 나가는
조개처럼 진리는 되게 단순한 것 같아요 . 고민하고
고통 받으며 선한 영향을 주는 사람 , 1.1 인분의 사람이
어른이 아닐까 ?

能做到超過自己本分的 1.1 倍的人，就是大人吧？

　　2018 年，因為好奇當時為什麼突然這麼多人在討論 BTS，所以找了很多影片和資料來看，想要跟上流行，看著看著，就深深被這群男孩的魅力所吸引。其中我最喜歡的就是 RM，在團綜裡，RM 有「破壞狂」的稱號，外表看似粗獷單純，凡是被他摸過的東西都會壞掉，實際上卻是想法很有深度、有智慧的人，RM 有時看似隨口說出的一句話，可能都含有深意，可見他是個很有想法的人，他說過的很多話都能讓我反思很久，甚至過了一段時間，再看到同樣的話時，還會有不同的感觸。

　　RM 很喜歡玩文字遊戲，從 BTS 的歌詞中就可以發現他想像力豐富，比如說在〈Trivia 承 : Love〉這首歌的歌詞中，將韓文字中的愛（사랑）和人（사람）當作素材，因為這兩個字在韓文中發音和寫法相似，他就利用這個特點寫下了這樣的歌詞「我原本只是個人，是你磨去了我的稜角，用愛來造就我這個人」，只要將人（사람）下方的方框變成圓形，就成了愛（사랑），在歌詞中的小細節就能發現 RM 是個經常深度思考的人。

　　在成員 SUGA 的 YouTube 節目中，RM 與 SUGA 談論到何謂大人，RM 認為韓文中的大人（어른）跟年輕（어린）只差了那一橫，雖然從年輕無知到成為成熟的大人好像只有一線之隔，但還是要經歷過一番努力，我們才能推倒年輕（어린）的那道牆，就像貝殼飽受了海浪的衝擊之後，養育出閃耀的珍珠，我們必須經歷過許多的苦惱跟苦痛，才能成為更好、更善良的人，原本聳立的高牆會變成大人（어른）

的地基支持著我們。因此我們不要害怕人生旅途上的那些挫折與磨難，沒有經歷過一番雕琢，怎麼知道自己能不能成為那顆光彩奪目的寶石呢？

　　到底怎麼樣才算是個大人？是年紀到了，就會自然而然成為心目中的那種大人嗎？在 BTS 出道前，RM 和 SUGA 寫了一首〈大人小孩〉（어른아이），從歌詞中可以看出，他們從剛進入二十歲時就在探討這個問題，RM 在將近十年後的節目中，才終於能自信地說出自己的想法，他認為經過椎心刺骨的成長痛之後，即使過程就像在狂風中搖擺不定，但只要穩住重心、找到自己的信念，經歷過這一切之後，就能成為 1.1 個人，會有餘裕能幫助別人，對這個世界產生好的影響。即使我們現處在狂風暴雨或低谷中，覺得看不見一絲曙光，但只要想著這些都是必經的過程，唯有撐過這段時期，我們才能成為自己心目中的大人。✦

句子出處：[슈취타] EP.1 SUGA with RM

그므시라꼬는 그게 뭐라고의 경상도 사투리, 힘든 일이
있으면 그므시라꼬 다시 딛고 일어서면 되지. 어려운 일이
있으면 그므시라꼬 다른 일로 가면 되지.

「그므시라꼬」是慶尚道方言，意思是「那有什麼大不了的」。
遇到辛苦的事情時，說一句「그므시라꼬」，重新站起來就
行了。碰到困難的時候，也可以說「그므시라꼬」，換條跑
道就行了。

—— V

✦ 單字：

█ **경상도** 慶尚道　　　█ **사투리** 方言　　　█ **딛다** 克服
█ **일어서다** 站起來

✦ 文法：

1.　A/V-(으)면 如果～的話

EX:　**힘들면 곧바로 내게 와. 안아 줄게.**
　　　累的話就馬上來找我，我會給你一個擁抱。

　　　성공하고 싶으면 끊임없이 노력해야 돼요.
　　　如果想要成功的話，必須要不斷地努力。

2.　A/V-(으)면 되다 ～的話就行了

EX:　**실패해도 괜찮아요. 한 번 더 도전하면 돼요.**
　　　失敗了也沒關係，再挑戰一次就行了。

　　　고민하지 말고 내게 기대면 돼.
　　　不要煩惱，倚靠著我就行了。

書寫

그므시라꼬는 그게 뭐라고의 경상도 사투리, 힘든
일이 있으면 그므시라꼬 다시 딛고 일어서면 되지.
어려운 일이 있으면 그므시라꼬 다른 일로 가면
되지.

那有什麼大不了的，再站起來就行了

三度登上聯合國大會演講和表演、2021 年被韓國總統文在寅特別指名擔任「未來世代與文化的總統特別使節」、至白宮與美國總統拜登會面，出席記者會發表演說……這些看似與偶像身分毫無關聯的世界級盛事，僅僅完成其中一項已是非凡壯舉，而 BTS 卻全數實現，成就令人驚嘆。

這些令人稱羨的經歷，可能會讓人誤以為 BTS 一路走來相當順遂，彷彿是含著金湯匙的人生勝利組，但其實這一切來得並不容易。在他們出道早期，因為沒有舞台和資源，陷入了將近兩年的空白期，懷抱滿腔熱情卻無法站上舞台獲得掌聲，這對於一個渴望表演和被認可的新人團體來說，是極大的考驗。在這種煎熬的時期，BTS 成員們並沒有因此氣餒，他們靠著彼此支持和鼓勵，一步步走過來，泰亨爸爸的人生座右銘「那有什麼大不了」成了成員們的精神支柱，看似簡單的一句話，卻有著無比的力量，在遇到挫折時，大家會用這句話互相鼓勵，提醒彼此那些挫折與不如意都沒什麼大不了的，跌倒了就站起來、這條路行不通，換條路就行了。

在現實生活中，當我們遇到不順心的事時，如果旁人對我們說「那有什麼大不了」，正處於情緒低落的我們，可能會認為這是一句風涼話，因為對方沒有遭遇過同樣的事情，才能說得這麼雲淡風輕。然而，其實這句話是能讓我們轉換心態的咒語，不管是陷入低潮或是自我懷疑，都是人生必經的過程，我們的一生不可能都一帆風順。生活中的挫折和困難是不可避免的一部分，但只要改變心態跟想法，挫折會變成挑戰，而因為這些挑戰，我們才能擁有成長和突破的機

會。就像 BTS 出道初期不順遂的遭遇，這樣的困境是挫折還是機會，都在於一念之間，即便是在最困難的時刻，他們依舊熱愛著音樂和舞台，堅信自己的夢想能夠實現，這樣的心態幫助他們突破了重重困難，使他們成為世界最知名的男子團體之一。我們也要堅信自己可以做到，只要天還沒塌下來，就都沒什麼大不了。✦

句子出處：YOU QUIZ ON THE BLOCK EP.99

물 흐르듯이 살지만 열심히 살자. 어차피 일어나는 일이고 어차피 해야 되는 일이면 그냥 받아들이고 지금 해야 되는 일 열심히 하면서 살자.

雖然我們像流水般地生活，但也要努力前行。反正是注定發生的事，反正是必須做的事，那就接受並認真地做現在該做的事，就這樣生活吧！

—— 정한 淨漢

✦ 單字：

☐ 흐르다 流動　　☐ 어차피 反正　　☐ 일어나다 發生
☐ 받아들이다 接受

✦ 文法：

1.　A/V-듯이　像～一樣

EX:　인생은 마라톤을 뛰듯이, 중간에 쉬어 갈 필요도 있어요.
人生就像跑馬拉松一樣，中途也需要休息一下。

물이 흘러가듯이, 우리도 예상하지 못한 상황에 적응해야 해요.
像水流一樣，我們也應該適應意料之外的情況。

2.　V-(으)면서　一邊～一邊～

EX:　일을 하면서 새로운 사람들을 만나고 다양한 경험을 쌓습니다.
在工作時結識新朋友，並累積各種經驗。

웃으면 복이 온다잖아. 우리 웃으면서 살자.
不是説笑的話就會招來好運嗎？讓我們笑著生活吧。

물 흐르듯이 살지만 열심히 살자 . 어차피 일어나는
일이고 어차피 해야 되는 일이면 그냥 받아들이고
지금 해야 되는 일 열심히 하면서 살자 .

雖然我們像流水般地生活，但也要努力前行

在資訊快速流通的時代，從 Facebook 到 Threads、從 YouTube Shorts 到 Instagram Reels，各種照片和短影音充斥在我們的生活，每一個瞬間都會在網路上流傳許久，讓藝人隨時都必須保持在最佳狀態。偶像們外表看起來光鮮亮麗，但背後隱藏的卻是高壓的工作環境和不近人情的行程安排，甚至偶爾還要面對「私生」的騷擾，為了堅持自己的夢想，只能不斷調整心態，讓自己面對各種情況時都能從容應對。

隨著偶像文化的發達，喜歡刺探偶像隱私的私生也越來越多，像是 SEVENTEEN 的成員就多次在直播時受到私生的電話騷擾，在忍無可忍的情況下，淨漢就曾鄭重表示不喜歡這種行為，希望那些人可以自重。面對這類隨時都可能發生、防不勝防的私生活侵擾，大多數時，藝人們也只能隱忍，避免發生正面衝突，偶像們必須時時刻刻調整自己心情與想法。淨漢認為，人生就像流水般，必須一直向前走，時間毫不留情一分一秒流逝，不會為了任何人停止，因此，遭受到不順心的事時，比起懷抱著不悅的情緒前行，不如就接受吧！既然是必須要做的事，就好好認真完成。就像《穿著 Prada 的惡魔》裡，Emily 在工作不如意時，不斷重複「I love my job」這句自我催眠台詞一樣，提醒自己這是我選的，而且是我喜歡的工作，不要因為一時受挫就被擊敗。生活其實也是如此，一遇到不順心的事，就一味抱怨或各種情緒化，並不會讓事情更加順利，不如就催眠、提醒自己，如果是我們自己選的，就要為自己做的決定負責。

雖說如此，但即使是高山湍流，中途也會經過坡度較平緩的地方，崎嶇不平的地勢，讓溪流時而急流直下、時而涓涓細流。人生也是這樣，充滿著各種高低起伏和變化，在不斷努力往夢想奔跑的過程中，難免會感到疲倦和壓力，這時候，不妨稍微停下腳步，在河邊石頭上坐一會兒，讓自己休息一下，享受片刻寧靜，喘口氣後，重新整理自己的心情和思緒，幫自己充飽電後，再繼續朝著夢想前進。短暫休息不僅可以讓身體放鬆，也能讓我們調節好心態，面對未來的挑戰。

　　如果對現況不滿意，先試著做出改變，如果選擇了某條路，就應該勇敢面對前方挑戰。若想要有不一樣的生活，就要積極行動。當我們重拾希望和信心，就能用更好的自己來迎接生活中的各種挑戰和變化。✦

句子出處．[NINE HEART PICKS] 세븐틴 징안의 좌우명은 뭘까? 징안이 말하는 9 가지

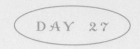

DAY 27

사람은 항상 준비돼 있어야 해.

人必須時時刻刻做好準備。

—— Joshua

✦ 單字：

■ 사람 人   ■ 항상 總是   ■ 준비되다 準備好

✦ 文法：

1. V-아/어 있다 ～著（表示完成某個動作後繼續維持）

EX: 언니 방 벽에는 영어 단어가 적힌 포스트잇이 가득
붙어 있어요.

姐姐房間的牆上貼滿了寫有英文單字的便利貼。

책상에 놓여 있는 트로피는 지수가 처음 받은 트로피였
어요. 늘 초심을 잃지 않으려고 책상에 뒀어요.

書桌上的獎盃是知秀第一次得到的獎盃。他把它放在那
裡，時時提醒自己不要忘記初心。

2. A/V-아/어야 하다 必須～

EX: 삶 속에서 모든 상황에 대비하고 신중하게 대처해야
해요.

生活中必須為所有狀況做好準備，並且謹慎應對。

공연을 앞두고 있어서 멘탈 관리에 신경을 써야 합니다.

因為鄰近公演時間，要注意管理心理狀態。

사람은 항상 준비돼 있어야 해 .

人必須時時刻刻做好準備

我想只要是克拉應該都看過 Joshua 這張哏圖，在某一集《GOING SEVENTEEN》裡他們比賽桌球，Joshua 在對手 Dino 轉頭和別人講話時趁機發球，Dino 正想抗議，Joshua 就說了「사람은 항상 준비돼 있어야 해（人必須時時刻刻做好準備）」雖然是為了節目效果，但因為說得非常有道理，所以就被粉絲們做成哏圖來使用了。

當時另一位我超級佩服的成員 Hoshi 馬上在旁邊說「준비된 자에게 기회가 오는 거지（機會是留給準備好的人）」雖然當下氛圍也看似搞笑，但其實我後來才發現，Hoshi 真的都會在事前做 150% 準備，他在 SEVENTEEN 出道前的採訪影片裡曾說「練習時必須要做到 150%，讓身體完全熟悉才行，這樣就算出錯了也還有 100%，不是嗎？」看到這個片段的當下，我真的好佩服當時年僅十九歲的 Hoshi 能有這樣的想法，而且他不只是說說而已，平時也身體力行，其他成員們也說，Hoshi 身為表演隊隊長，在練習室練舞時真的對大家非常嚴格。

其實我也有類似的想法，就像第一次挑戰主持兼翻譯的工作時，身邊朋友問我「這兩個領域都是第一次挑戰，第一次就兩個一起做，感覺很困難，不會緊張嗎？」老實說，我算是個不太會緊張的人，因為我覺得「只要事前做好足夠準備，就沒什麼好緊張的。」不過嚴格說起來，事前不管再怎麼準備，似乎也沒有覺得足夠的時候，就像讀書永遠沒有盡頭，學著學著，永遠都還是有不知道的事情。而我自己在做事前準備的習慣是「除了必做的基本功以外，還要提前預

想各種突發狀況的應對方式」，事前準備的對策越多，活動當下就會更順利一些。比如如果主持到一半麥克風或耳機出了問題如何處理、活動流程超時的話，後面環節如何加快進行、現場翻譯時真遇到聽不懂的狀況該怎麼應對……活動現場什麼狀況都有可能發生，只能盡可能先想好對策，遇到突發狀況時才不會太慌張。

「機會是留給準備好的人」這句話我們從小聽到大，但它確實是永恆不變的真理。剛開始學韓文時，曾有幾個人對我說「你學韓文要幹嘛，學那個有什麼用嗎？」當時我心裡只想著「我想學就學，關你什麼事？」現在想想，就是因為那時有開始學韓文，才有現在的我。雖然現在說起來很像馬後炮，但當時的我真沒想到現在會成為韓文老師，甚至還能主持韓星見面會和擔任現場口譯。有時候不要預設太多立場，有想學、想做的事都可以去試看看，多學習一項技能絕對不會是壞事，即使對現在的我沒什麼幫助，但誰知道未來會不會派上用場呢？✦

句子出處：1. 2022[GOING SEVENTEEN] EP.31 순응특집 단짝 #1 (Best Friends #1)
　　　　　2. [Hotzil 핫질] 세븐틴 프리 데뷔 필름 [2 화]

사람은 항상 준비돼 있어야 해

DAY 28

나의 노래를 듣는 사람이 누구인지
어떻게 하면 나의 노래를 즐겁게 해 줄 건가?

聽我唱歌的人是誰？
我要怎麼做才能讓他們享受我的音樂呢？
—— Jennie

✦ 單字：

■ 노래 歌　　■ 듣다 聽　　■ 즐겁다 享受

✦ 文法：

1. N인지 連接語尾（前面會接一個問題）

EX: 상대방이 신경 쓰는 부분이 무엇인지 정확히 파악해야
해요.
需要清楚地掌握對方在意的部分是什麼。

그 사람한테 나는 어떤 사람인지 궁금해요.
我很好奇我對那個人來說是怎麼樣的人。

2. V-(으)ㄹ 건가? 問句語尾（未來式）

EX: 선생님이 이 선물을 받으면 좋아하실 건가요?
老師收到這個禮物的話會喜歡嗎？

이렇게 말하면 친구가 이해할 수 있을 건가?
如果我這樣講的話，朋友能夠理解嗎？

나의 노래를 듣는 사람이 누구인지 어떻게 하면

나의 노래를 즐겁게 해 줄 건가 ?

我要怎麼做，才能讓他們享受我的音樂呢？

BLACKPINK 在全球取得巨大成功後，大家都引頸期盼經紀公司 YG 在時隔七年後再度推出的新女團 BABYMONSTER，新女團出道前的生存實境秀節目《Last Evaluation》某一集中請來了 BLACKPINK 的 Jennie 給成員們一些建言，Jennie 看了 BABYMONSTER 的表演後，語重心長表示，雖然大家唱跳實力都很好，但似乎沒有任何一個人在表演過程中看著她，每個人都只顧著鏡中自己是否完美，忽略當天唯一的觀眾，Jennie 認為，現在她就是代表觀眾的身分來看表演，表演者應該要想著如何和觀眾一起享受演出，透過與觀眾的眼神交流，或觀察觀眾的表情，不但可以隨時調整自己現場演出的模式，也可以藉由觀眾反饋，讓每次的舞台可以有不同的化學效應。若表演者在舞台上只專注在自己身上，只關心自己是不是最好看、最完美，卻忽略了觀眾感受，那總有一天，一直關注著你的視線，會因為得不到回饋而漸漸遠離。

其實不只是在舞台上，平常人與人之間的相處也是一樣，任何關係都是需要雙向付出才能維持得長久，若只有一方單方面付出，另一方沒有給予回饋的話，日子久了，付出較多的一方也會感到疲憊。平時和朋友相處時也可以多觀察對方的眼神與表情，一段良好的互動，就像拋接球一樣有來有往，不管是一直單方面分享自己心事，或單方面傾聽而較少分享的人，久了都會疲乏。知名人生觀察模擬遊戲《模擬市民》就像是我們日常生活的縮小版，遊戲中玩家要創造一個模擬人物，控制他進行多項活動，並且在對的時間做出相對應的舉動，才能提升與其他角色之間的好感度，若做出不

合時宜的行為，原本已累積的好感度也會瞬間下降。

　　真實的世界中不像遊戲，不會清楚讓你知道對方好感度的升降，因此在跟朋友聊天時，除了滔滔不絕表達自己，也應該要觀察對方反應，在與他人對話中少說一點「我」，多加入一點「你」，就算是單方面表達意見，也會因為在對話中有考慮對方立場和心情，說出口的話也較不容易冒犯對方，或使對方感到不知所措。除了和對方分享自己的事情，也要記得傾聽對方，並給予回饋，這樣雙方才能在這段對話中都是愉悅的，也能創造長久且緊密的關係。✦

句子出處：BABYMONSTER - 'Last Evaluation' EP.2

장점은 더욱 돋보이게 하고 단점은 보완해 줄 수 있지 않을까? 일단 절대 실력 없어 보이지 않게 할 거고 매력 있어 보이게 할 거예요.

我覺得我可以讓他們的優點更加突出，然後彌補他們的缺點。我絕對不會讓他們看起來實力不足，而且我會讓他們散發出自己的魅力。

—— 소연 小娟

✦ 單字：

- 장점 優點
- 더욱 更加
- 돋보이다 突出
- 단점 缺點
- 보완하다 補足
- 절대 絕對
- 실력 實力
- 매력 魅力

✦ 文法：

1. V-게 하다 使～

EX: 소연 씨는 멤버들이 서로 멀어지지 않게 한 달에 한 번 같이 식사하자고 제안했어요.
小娟為了不讓成員們疏遠，提議一個月一起吃飯一次。

아이들이 자신감을 가지고 자신의 꿈을 이룰 수 있게 해 줄게요.
我會讓孩子們有自信並且能實現自己的夢想。

2. A-아/어 보이다 看起來～

EX: 우기는 최근 행사에 참석할 때마다 상태가 매우 좋아 보여요.
雨綺最近出席活動時，狀態看起來都非常好。

준비를 철저히 해서 무대에서 아주 여유로워 보여요.
因為準備的很充足，所以在舞台上看起來非常從容。

장점은 더욱 돋보이게 하고 단점은 보완해 줄 수 있지

않을까? 일단 절대 실력 없어 보이지 않게 할 거고

매력 있어 보이게 할 거예요.

我可以讓他們的優點更加突出

作為 (G)I-DLE 的隊長兼製作人，田小娟為團體寫了不少傳唱度極高的歌曲，可以說是把 (G)I-DLE 推向顛峰的最大功臣，某次在綜藝節目《認識的哥哥》中被問及，在製作歌曲時是否真的考慮了每位成員的發音，小娟回答：「我們有很多外國成員，某些單詞發音會比較獨特，因此我努力凸顯每位成員的聲音，像 Minnie 發音時有個特殊的 r 音、舒華『LA』的發音很特別、雨琦的嗓音渾厚充滿力量、薇娟則是適合唱洗腦的副歌部分」，像這樣一個個仔細列出成員們的優點，讓小娟在分配歌詞時能讓每個人的特色都發揮到極致，也才造就了現在的 (G)I-DLE。

不只在團體內，小娟在擔任選秀節目《放學後的心動》的導師時，主動表示想當四年級的導師，節目將 83 位參賽者依照韓國年齡分為四個年級，當時四年級是最不被看好的組別，小娟說自己有自信找到那些參賽者的優點，並且幫他們凸顯長處，讓大家看不見缺點，更會讓大家看見他們的魅力。我覺得小娟在講這段話時眼神閃閃發光，她感覺真心享受幫助別人成長，透過幾個節目片段，可感受到她真的非常認真在指導參賽者唱歌、跳舞，也不吝於稱讚他們，毫不保留得分享自己知道的技巧，看著這樣的小娟我覺得非常感動，尤其是在她仔細指導之後，參賽者實力明顯進步，讓我不禁開始思考，我是不是也能做到像小娟這樣，從此我便把小娟的這個優點當作是我學習成長的目標。

不管是在學校的分組報告，或是職場上與人合作，都可能會遇到做事方式與我們非常不同的人，一開始可能會因

為互相不了解而產生摩擦，認為對方為什麼不能理解自己，甚至會覺得再也無法跟對方合作。每個人的做事方式都不一樣，比如說有些人只需要告訴他最終目標，他就可以自己找到方法跟材料去完成，而且不喜歡被別人干涉；相反地，有些人需要明確地指示每一個步驟，否則會不知道從何下手。這兩種方式都沒有問題，只是合作前需要充分地溝通，互相配合對方的步調，找到彼此的使用說明書。

　　與人合作時，與其一直去放大對方的缺點，倒不如像小娟一樣，去尊重每個人的不同，仔細觀察的話一定都可以找到優點，只要把對方放到對的位置上，每個人都可以是閃閃發亮的一顆星。✦

句子出處：[방과후설렘] 서낳괴 진소연이 시바이벌 프로듀서기 되면 벌어지는 일 mp4. (멋폭발🌊) ｜ # 전소연 # 방과후설렘 MBC220220 방송

그게 사실이 아니면 나랑 상관없는 말이 되잖아요. 그거 진짜 고쳐야 할 점이면 고치면 되는 거고, 넘길 거 넘기고 수용하는 거도 중요한 것 같아요.

那個如果不是事實，就只是與我無關的話而已。那如果是我必須改進的點，那就改進就行了，該忽略的就忽略，接受事實也是很重要的。

——원영 員瑛

✦ 單字：

- 사실 事實
- 상관없다 無關
- 고치다 改正
- 점 點
- 넘기다 使越過
- 수용하다 接受
- 중요하다 重要

✦ 文法：

1. **N(이)면** 如果是～的話

EX: **저를 잘 모르는 사람이면 저를 오해할 수도 있어요.**
如果是不太了解我的人的話，可能會對我有誤解。

불가능해 보이는 일이면 도전의 기회라고 생각해 봐요.
如果是看起來不可能的事情的話，試著把它視為挑戰的機會吧。

2. **A/V-잖아요** 不是～嗎？（提醒對方某個對方已知的事實）

EX: **모두가 나를 응원해 줄 수는 없잖아요? 그러니까 마음에 담아 두지 않고 상처 받지도 않아요.**
因為不可能所有的人都支持我，不是嗎？所以我不會放在心上，也不會受傷的。

지금도 열심히 노력하고 있잖아요? 그러니까 다른 사람의 말 때문에 자신을 탓하지 말아요.
現在也非常努力不是嗎？那就不要再因為別人說的話責怪自己了。

그게 사실이 아니면 나랑 상관없는 말이 되잖아요.

그거 진짜 고쳐야 할 점이면 고치면 되는 거고,

넘길 거 넘기고 수용하는 거도 중요한 것 같아요.

如果不是事實，那就只是一句跟我無關的話

　　平時我比較少聽女團的歌，但因工作關係每天都會看韓國相關新聞，常常看到有人稱讚張員瑛是天生的偶像，對自己要求很高、很敬業又自律，就算行程滿滿，也從來不會在鏡頭面前露出疲態，面對一些網友攻擊也都展現高 EQ 回應，讓我忍不住去看更多相關影片想更了解她。看了一些影片之後，我也入坑成了粉絲，2004 年出生的張員瑛，出道時才十四歲，短短幾年就紅遍全世界，成了年輕人們追隨的流行指標，在繁忙的行程中，堅持一週運動五天，讓自己保持在完美體態，同時不斷精進自己，可以用流利的英文和日文主持頒獎典禮，完全是努力派的最佳模範。

　　最近張員瑛在《Salon Drip 2》節目裡分享了自己的價值觀，掀起網友們爭相效法「員瑛式思考」的風潮，面對許多黑粉惡意攻擊也不為所動，她認為「那個如果不是事實，就只是與我無關的話而已。那如果是我必須改進的點，那就改進就行了，該忽略的就忽略，接受事實也是很重要的。」完全展現出她強大的心智，由此也能看出她成功的原因。

　　此外，員瑛也透過她常喊的口號「Lucky Vicky」來將生活大小事轉換成正面力量激勵自己，凡事都有很多可以思考的面向，與其沉浸在負面思緒裡，讓消極心態影響自己，導致自己裹足不前，不如換個方向思考，讓自己專注在每件事美好的部分，用這部分讓自己獲得持續向前的能量。像是員瑛曾在 VLOG 裡記錄排隊買麵包的過程，前一位客人剛好買走了最後一個麵包，她得等十分鐘下一批麵包才會出爐，但凡事都正向思考的員瑛反而覺得自己很幸運，可以吃到剛

出爐熱騰騰的麵包。也有韓國網友在面試落榜後嘗試了員瑛的思考方式，安慰自己：「雖然是還不錯的公司，但工作壓力大、工時也比較長，沒錄取也好，當作是提早逃出加班地獄。」

　　就像是白紙上的黑點、98 分的考卷，大家更容易注意到黑點和失去的兩分，然而，除了這些微不足道的小瑕疵，我們擁有的其實比失去的還要多更多，我們要學習這樣的心態，同樣一件事可以有不一樣的看法，從此之後，更專注在可以讓我們任意揮灑的白紙和我們擁有的 98 分，帶著愉悅的心情過日子。✦

句子出處：원영적 사고를 배우다니 완전 럭키 비키잔앙 | EP.39 IVE 장원영 | 살롱드립 2

EZKorea51

好句子，抄起來！我從偶像身上獲得的力量

作　　　者：阿敏
繪　　　者：Chan
編　　　輯：郭怡廷
美術設計：卷里工作室
內頁排版：簡單瑛設
行銷企劃：張爾芸

發 行 人：洪祺祥
副總經理：洪偉傑
副總編輯：曹仲堯
法律顧問：建大法律事務所
財務顧問：高威會計師事務所

出　　　版：日月文化出版股份有限公司
製　　　作：EZ叢書館
地　　　址：臺北市信義路三段151號8樓
電　　　話：(02) 2708-5509
傳　　　真：(02) 2708-6157
客服信箱：service@heliopolis.com.tw
網　　　址：www.heliopolis.com.tw
郵撥帳號：19716071日月文化出版股份有限公司

總 經 銷：聯合發行股份有限公司
電　　　話：(02) 2917-8022
傳　　　真：(02) 2915-7212

印　　　刷：中原造像股份有限公司
初　　　版：2024年8月
定　　　價：300元
I S B N：978-626-7405-97-0

國家圖書館出版品預行編目 (CIP) 資料

好句子,抄起來!我從偶像身上獲得的力量：30
句觸動你我的韓國音樂歌詞與偶像名言 / 阿敏
著 . -- 初版 . -- 臺北市：日月文化出版股份有限
公司,2024.08
144 面；14.7 X 21 公分 . -- (EZKorea；51)
ISBN 978-626-7405-97-0 (平裝)

1.CST: 韓語　2.CST: 讀本
803.28　　　　　　　　　　　113008688